이 책에 쏟아진 찬사

기후위기는 귀엽지도 재밌지도 않은 주제다. 하지만 그것을 다루는 이 책은 어쩐지 너무나 귀엽고 사랑스럽다. 주인공 구희가 그런 식으로 해낸다. 화석연료를 향한 저항은 어차피 긴 싸움이 될 테고 사랑과 유머 없이는 오래 버틸 수 없으니 말이다. 그래봤자 안 변한다며 냉소하는 얼굴들 사이에서 구희의 움직임을 본다. 구희의 움직임은 작다. 온 지구를 들쑤셔온 추출주의의 기세와 규모에 비하면 먼지보다 작을 것이다. 그래도 내가 할 수 있는 일이 아무것도 없다는 의미는 아니라고 구희는 말한다. 작은 것들을 손보는 걸 멈추지 않는다. 그러다 보면 아주 커다란 구조와 맞닥뜨릴 수밖에 없다. 구희는 자연에게 놀라고 스스로에게 놀란다. 세계와 인류가 맺어온 관계를 공부하는 과정은 한숨과 경이로 가득 차있다. 무언가를 해치지 않고는 살아갈 수 없음에 절망해본 사람, 동시에 이것보다는 덜 해롭게 살아갈 수 있다고 희망하기로 한 사람의 책이다. 배운 것을 꼭꼭 씹은 뒤 정갈하고 쉬운 언어로 다시 차려놓았다. 기후위기에 대해 생각하기를 미뤄온 동료 시민들에게 건네주고 싶은 생태 입문서다.

이슬아 작가, 헤엄 출판사 대표

지구를 위해 시민 스스로 삶을 바꾸기 시작했다. 그렇지만 쉽게 바뀌지 않는 현실에 낙담하고 좌절하고 포기한다. 이들이 재차 도전하기 위해서는 무엇이 필요할까? 기후위기에 관한 정확한 사실과 자신을 다시 세울 수 있는 용기다. 《기후위기인간》은 과학적인 정보와 모두 같은 어려움을 겪고 있다는 위로를 주는 차갑고도 따뜻한 책이다.

이정모 전 국립과천과학관장

기후위기로 미래가 걱정되는 이 시대에 하고 싶은 말이 많다. 한편으로는 우리가 어떻게 노력해야 하고 변해야 할지, 이 거대한 문제를 해결하는 데에 정말 도움이 될지 의문이 든다. 이러한 고민거리를 《기후위기인간》은 뚜렷하게 표현하고 있다. 독자에게 영감은 물론 바쁜 일상 속에서도 함께라면 기후위기를 극복할 수 있다는 다정한 힘을 실어준다.

타일러 라쉬 방송인, 《두 번째 지구는 없다》 저자

기후위기인간

기후위기인간

구희 글·그림
이유진 감수

RHK
알에이치코리아

머리말

오늘날의 세상은 지극히 인간 중심으로 지어졌습니다. 소비하는 도시와 착취당하는 자연으로 철저히 분리되었지요. 국가와 경제가 성장해야 했기에 생태계 파괴는 마땅히 감수해야 하는 것이었습니다. 이미 자연과 멀어진 우리는 지구에서 무슨 일이 벌어지고 있는지 알지 못하거나 혹은 알더라도 모른 척 차를 몰고, 해외여행을 다니며, 육식 위주의 요리가 음식 중 최고라고 알고 살았습니다. 저 또한 그러했습니다.

〈기후위기인간〉을 그리기 시작한 것은 2020년 팬데믹이 시작된 이후부터입니다. 초등학생 때 얼핏 배웠던 '지구온난화'와 '생태계 파괴'는 팬데믹이라는 이름으로 저의 일상을 덮쳤습니다. 모두가 그랬듯 저는 평범한 일상을 잃어버렸고 절망에 빠졌습니다. 그리고 그 해, 우리나라에는 54일 동안 장마가 이어졌습니다.

망가진 지구, 극한으로 내몰린 사회 그리고 정신적으로 건강하지 못

한 저 자신. 이 모든 상황이 어떤 힘에 끌려다니는 듯했습니다. 저는 이 병듦의 근본적인 원인을 알고 싶었습니다. 하던 것들을 멈추고 공부를 시작했습니다. 그리고 알게 되었습니다. 사회체제, 관습, 경제, 문화…. 우리의 모든 것들이 기후위기와 연결되어 있다는 사실을요. 충격적이었습니다. 이 사실을 저처럼 미래에 불안감을 느끼는 사람들, 자신의 삶에 좌절감과 우울감을 느끼는 주변 사람들에게 나누고 싶었습니다. 지금 우리가 괴로움을 느끼는 게 정상이라고 말이죠.

저는 《기후위기인간》을 이념이나 윤리를 위해서 그린 것은 아닙니다. 다만 무사히 할머니가 되고 싶어서, 지구에 해를 끼치지 않는 존재가 되고 싶어서, '잘' 살고 싶어서 이 만화를 그렸습니다. 또한 착취에서 비롯된 자본주의 사회에서 벗어나 주체적인 삶을 살아보고 싶었습니다. 플라스틱을 덜 쓰고, 육식을 줄이며, 에너지를 아끼며 으레 가는 길을 따르지 않는 것. 용기가 필요하지만, 새롭고 숨통이 트이고 독특하며 의미가 있는 삶이

었습니다. '세상을 바꾸고 싶다' '리더십을 발휘하겠다' 그런 거창한 목표로 시작하지 않았습니다. '왜 사는 걸까?' '어떻게 살아야 할까?' '어떻게 살아야 행복할 수 있을까?' 이런 고민을 함께 나눌 사람들을 많이 찾고 싶다는 생각으로 이 책을 썼습니다.

《기후위기인간》은 '기후위기에 처한 인간', 동시에 '기후위기를 초래한 인간'에 대한 이야기입니다. 제가 당연히 누렸던 일상을 되돌아보며 그것과 지구와 연결해봅니다. 이 책은 여러분들께 실천을 강요하거나 옳고 그름을 가르치는 만화는 아닙니다. 다만 이 만화의 주인공 '구희'의 삶은 평생 기후'위기'의 영향 속에 있을 것이라 말합니다. 구희와 같이 지구에서 살아가는 여러분들의 일생도 마찬가지이겠지요. 단언컨대 기후는 인간의 모든 것과 연결되어 있습니다. 《기후위기인간》을 읽는 독자분들께서 지구와 더불어 살아가는 새로운 삶의 방식을 만나보셨으면 좋겠습니다.

마지막으로 《기후위기인간》을 세상 밖으로 나오게 해준 혜정 간사님, 함께 고민하고 함께 창작하는 예술가 동료들께 감사 인사를 드립니다.

이 책을 사랑하는 엄마, 아빠, 동생에게.

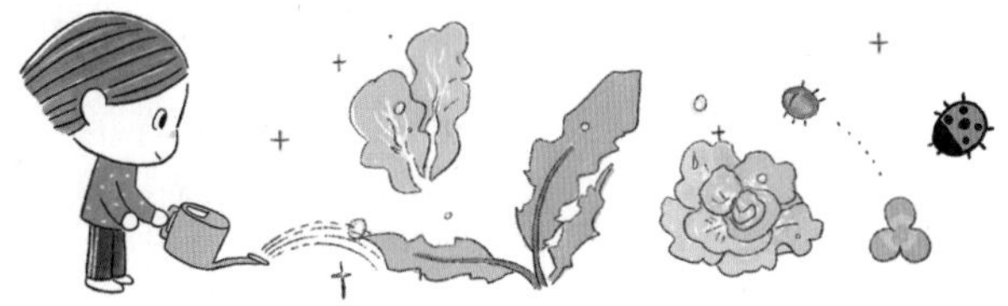

차례

쿨....

2부 공존의 삶을 위하여

부록

읽는 순서

1부
기후위기 시대의 인간

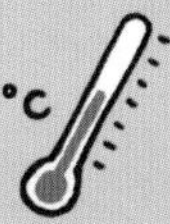

우리, 인간들은 열심히 삽니다.

잘 살기 위해서죠!

잘 [잘]

1 옳고 바르게.

2 좋고 훌륭하게.

인류가 탄생한 이래로
인간은 생존하고자
열심히 살았고,

우가우가

안정적으로 살고자
열심히 살았고,

백만스물…

편리하게 살고자 열심히 살았습니다.

많은 이의
노력 덕분에
우리는
인간 문명의
최고 전성기를
누리고 있습니다.

물론 오늘날의 우리도 역시,
열심히 살아갑니다.
여기
주문이요~
갑니다!

어제보다 나은 오늘이 되길 바라고,
열심히 하겠습니다!

오늘보다 나은 내일을 바라면서요.
이 그래프는~

딸깍
딸깍
딸깍
딸깍

드디어 주말이다!!
Yeah~
꺄~

응?
일요일
오후 5시
그런데 이 노력의 끝에는
무엇이 있을까요?

HAHAHA
많은 돈?
끝없는
발전?
명예?
아니면
행복?

이렇게 '잘' 살고자
노력한 결과가

그것도 기후위기로요.
숙..여..줘..

믿기지 않겠지만 당신의 모닝 커피도
기후위기에 한몫하고 있습니다.
칼랄라...

그 이야기, 한번 들어보실래요?
With me!

○ 날씨가 걱정돼 (1)

안녕하세요? 서울에 거주하는
구희라고 합니다.
LV.1
오늘 하루도
보람차게 시작
해볼까?
HP
OCCUPATION
NONE

오늘도 끔찍한 게으름을 이겨내고
책상에 앉아보겠습니다.

중력을 이겨내고 하루를 시작하는
모든 사람들… 파이팅입니다.
드디어
성공.
님
2시임

책상에 앉았으니 세상 돌아가는 일을
체크해볼까요?
읅앩얽
노잼

저는 사실 정치, 경제…
이런 것들이 별로입니다.
어렵기도 하지만…
뭐라카노..?
세상은 요지경 일보

코로나19 시대의 프로 방콕러로서
공감도 쉽지 않고
생활반경
500m 인간
그나마 제가 관심 있는 건
환경 분야입니다.

'기후위기'
요새 빠지지 않는 '핫'이슈입니다.
ESG
전기차
뉴딜

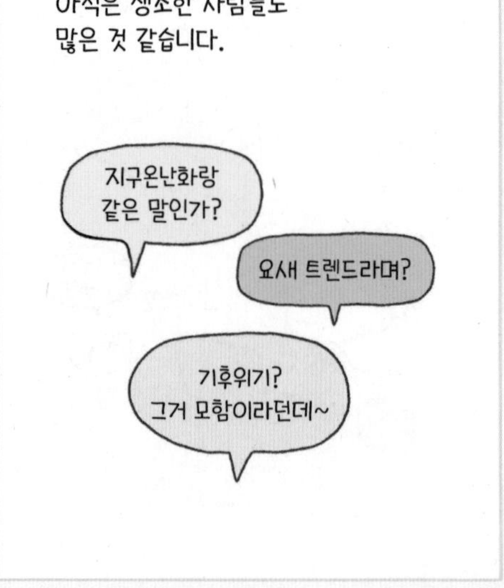
아직은 생소한 사람들도
많은 것 같습니다.
지구온난화랑
같은 말인가?
요새 트렌드라며?
기후위기?
그거 모함이라던데~

저도 당연히 다 알지 못합니다.

하지만 기후위기를
체감한 적은 많습니다.

예를 들어, 이 '봄바람'이에요.

봄은 점점 빨리 찾아오고 있습니다.

특히 2021년의 벚꽃 개화시기(3월 24일)는

서울 벚꽃 관측을 시작한(1922년) 이래 가장 빨랐다고 합니다.

꽃들은 순서도 없이 한꺼번에 피었습니다.

매화는 '눈을 맞으며 핀다'라고 해 선비의 지조와 절개를 상징했죠. 이제는 벚꽃과 동시에 피는데 이 옛말은 유효한 건가요?

조만간 계절의 아름다움은
동화책에서나 존재하게 될지도 몰라요.

우리가 알던 봄의 모습은 변했고
(초미세먼지농도 OECD 1위 찍은 대한민국)

심지어 봄이
사라질 위기에 놓여있습니다.

그래서 저는 이 봄바람의 따뜻함이
달갑지만은 않습니다.

올해 여름은 또 얼마나 더울까?
다가올 날씨를 걱정하는 나 비정상인가요?

○ 날씨가 걱정돼 (2)

지구 기온이 올라가면
무엇이 바뀔까요?
봄
여름
가을
겨울

큰맘 먹고 산 계절 옷을
못 입게 되겠죠?

계절 굿즈 출시일을
앞당겨야 될지도요.
봄바람
휘날리며~
Spring Latte
Spring Spring!
이미 다
졌는데요.

그런데 기후변화라는 건
그렇게 간단한 문제는 아닙니다.

전 세계를 패닉에 빠뜨린 코로나19
또한 기후변화가 원인이니까요.

코로나19는 박쥐로부터
온 전염병입니다.

개발로 인해 야생동물 서식지가 파괴되자
박쥐와 인간의 접촉이 빈번해지면서
인수공통감염병이 확산되었어요.

그 과정에서 박쥐의 코로나 바이러스가
인간에게 옮겨진 것이죠.

제보자

박쥐야, 이제 우리 집 말고 숲에 가서
친구들이랑 행복하게 잘 살렴!

우리는 코로나19에 맞설
대책들을 희망차게 제시했지만…

기후변화로 인한 질병은 코로나가 끝이
아니라고 합니다. 지구 기온이 상승하는
이상 제 2의 코로나, 제 3의 코로나가
발생한다는 거죠.

* WHO는 에볼라, HIV 등 최근 새롭게 발견된
감염병의 70%가 인수공통감염병이라고 밝혔습니다.

기온이 올라가면 모기 또한 많아져
질병 감염률은 배로 증가!
(뇌염, 말라리아, 황열병 등등)

기후변화로 생이 위태로워지는 건
북극곰만의 일이 아니라는 거예요.

그럼 집에만.. 있으면..되지...
으음
질병은
그렇다 쳐도
그렇다 쳐도?

해마다 늘어나는 기후재앙들로
우리는 더욱더 위태로워집니다.
54일의 장마(2020년)
역대급 폭염(2018년)

79일 동안 지속됐던 호주 산불 또한
지구온난화로 건조해진 날씨 때문입니다.
(2019~2020)
Australia
야생동물
5억 마리 사망
귀여워!

하지만 작년에는
폭설도 왔는걸?
엄청 재미있게
놀았었지
뫄뫄
솨솨
지구 아직
괜찮은가 본데?

최근 전 세계의 이상 폭설 현상도
기후변화 때문이라고 합니다.
팩폭을
멈춰주세요.

기온이 올라감에 따라
'재해일수'도 비례해 늘어나고 있습니다.

●: 지구 기온 변화
●: 전 세계 재난 수 합산(가뭄, 홍수, 이상기후, 산사태, 산불, 지진)

(일)
400
200
1°c
0.5°c
0°c
1900
1950
2019 (년)

(출처: EM-DAT(The international disasters database 2019)
NASA GLOBAL CLIMATE CHANGE)

그 무서움은 식탁에서도 나타납니다.
파 한 단에
8000원?
O-MART
MOM
미쳤나?
〈파테크 현장〉

기온이 올라가는 이상
우리는 당연한 일상을 상실할 거예요.
봄이 왔어요! 와아앍!!

잎새에 이는 바람에도
나는 괴로워했다….

더워질까봐.
….

에어컨, 난방 없이
못 살게 되면 어떡하지?
마스크를 평생
써야 한다면?
가뜩이나 돈도 없는데….
날씨로 굶는 시절이 올까?

계속 이런 식이라면
내 미래는? 그리고
내 가족들의 미래는 괜찮을까?

내 앞가림이 시급한 마당에

먼 미래의 기후를 걱정하는 건
사치인가? 사서하는 걱정일까?

하루하루 날씨가 걱정될 세대,
그 세대가 바로 접니다.

○ 내 방과 지구 (1)

코로나19 때문에 사람들이
집에 머무는 시간이 길어졌다.

그로 인해 히트 친 업계가 있었으니,
바로 인테리어 업계이다.

집에서 일과 놀이를 해결하려고 하니
집 꾸미기에 모두가 진심이 된 것 같다.

내가 내 방에 관심을 가지게
된 건 조금 더 이전의 일이다.

20XX년 X월, 나는
대학 동기인 멋쟁이 친구 집에 갔다.

그녀는 깔끔한 용모에
단아한 멋을 풍기는 사람이었다.

김냥은 내가 만나본 적 없는 타입이어서,
그녀의 방이 더 궁금했다.

히히
그 방은
신기하게도
그녀와
닮아있었다!

단정한 느낌의 물건들이
깔끔하게 정리되어 있었다.
이건 할머니가
주신 거야.
그녀를 공간화한 느낌이랄까?

생각해보면
다른 친구들도
본인 방과
닮아있었다.
히피 스타일
디즈니 덕후

어찌 보면 당연한 얘기일까?
CLICK!

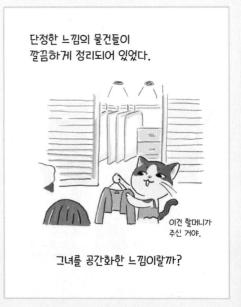

내 방의 물건들은 내가 선택하니까
나랑 닮았겠지.

쾅
우와아아
타닷
휙
내방
콰—앙
장르를 바꾸는 내 방. jpg
....

Hmm...
나는 부끄러워졌다.

집으로 돌아가는 그 길, 나는
내 방을 바꿔야겠다고 결심했다.

다녀왔습니다!

으음….

옷 장
덜컹
끼익
부부부부

헉
헉
일단 봉.인.

두 다다

역시 반전은 없었다.
예아
매우 더러운 내 방

내 방엔 뒤죽박죽

물건들이
엄청 많았는데

통일감이라고는
하나도 없었다.

그리고 그것들은 하.나.도
정리되어 있지 않았다.

마치
세계관 충돌
너희는 다 어떻게 왔니?
쿠구구구
몰라
정신 차려 보니..?
어쩜 좋아..

이 정체성 없고 더러운 방이
정말 내 것인가?

부정할 수 없었다.

나는 욕심쟁이였다.

괜찮아보이는 물건이 있으면
고민 없이 쟁이는 스타일.

방의 모습은
물건을 구매할 당시의 나와
다를 게 없었다.

그때의 나는 미래에 대한
막연한 불안감에 휩싸인 상태였다.

그래서 괜찮아보이는 것은 다 해봤다.

내가 진정으로 뭘 하고 싶은지도 모른 채로.

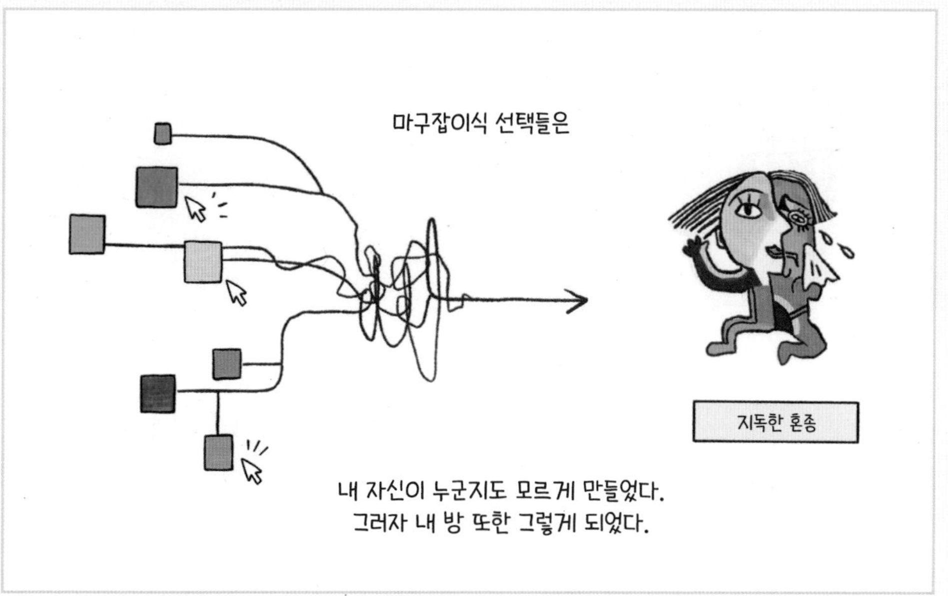

마구잡이식 선택들은
지독한 혼종
내 자신이 누군지도 모르게 만들었다.
그러자 내 방 또한 그렇게 되었다.

무분별한 선택은 내 방도
나 자신도 병들게 했다.

나는 나 자신을 돌보지 않고 있었다.

내 방은 내가 가장 오래 머무는 곳이자
이 세상에 단 하나뿐인 공간이다.

왜 이렇게 될 때까지 그냥 뒀을까?

되살릴 것이야!
대청소다

○ 내 방과 지구 (2)

대청소 1일 차,
물건들을 죄다 꺼냈다.
후엣취

그랬더니 방 중간에
쓰레기산이 3개쯤 생겼다.
그림적 한계.
*그림보다 훨씬
심각했습니다.
엣칭

아! 이거!
너 오랜만이다.
쓰레기를 분류하다
추억에 빠지기도 했다. (어이)

나는 약간의(?) 수집벽이 있다.
한번 빠지면 끝장을 보는 편이다.

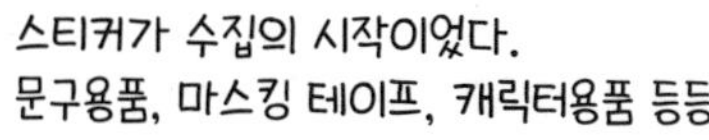

스티커가 수집의 시작이었다.
문구용품, 마스킹 테이프, 캐릭터용품 등등

한때는 아이돌 덕질을 하며 굿즈도 모았고
(누굴 좋아한 건지 물건을 산 건지….)

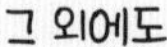

그 외에도

· 사용횟수 3회 미만 소품
· 각종 기기
· 인형
· 케이스
· 포스터
· 엽서
등등….

난 이 잡동사니들을 왜
이렇게까지 모은 것일까?

읊으니 새삼
엄청나구먼.

도대체 어떤 경로로,
왜 소비하였나?

내 방이 어쩌다
쓰레기장이 되었나
(TMI) MBTI
NT형이라 분석충

소비 유형 1.
'쟁이기' 본능

넌 내 거야!

인간은 적은 것보다 많은 걸 선호하지.
쟁이면 쟁일수록 뿌듯해지는 느낌적 느낌.

쟁이기의 무서운 점은
'쟁이기' 위한 소비를 한다는 점이다.
봄 리미티드 에디션?
한 달 전에 겨울 한정으로 샀는데….
아 근데 선착순이라고? 사야지.

비슷하게는 '세트병'이 있다.
꺄아
색깔별로 모을 수도 있고
브랜드별로 모을 수도 있다.

싸다고 쟁이는 우리 엄마도
이 유형에 속하는 것 같다.
홈쇼핑에서 5장을 3만 원에 팔더라. 잘 샀지?
아 너무 많은 거 아니야?
그냥 입어.
(물건보다 '싸게 산 사실'을 좋아하는 우리 엄마)

과하게 쟁인 물건은 결국
쓰레기통으로 간다.
들어가! 들어가!
부욱
아, 미친!

소비 유형 2.
'변화바라기'형
이건 아니지
이건 꿈이야.

살 빼려면 일단
닭가슴살부터 사야겠지?
폭. 풍. 쇼. 핑
CLICK
CLICK
운동복도 하나
맞추는 게 좋겠고

보조제랑
병행하면 좋다던데
덤벨도
살까?
이제 살 빠지는 건 시간문제라긋☆

며칠 뒤
내 열정이
이렇게
대단했었나?
마음
식었음

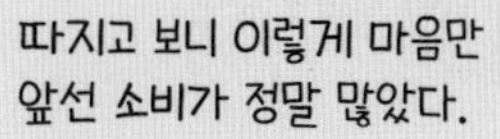
따지고 보니 이렇게 마음만
앞선 소비가 정말 많았다.

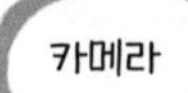
카메라

→ 사진 공부 좀 하겠지?

아이패드 → 필기도 열심히 하고
수업도 열심히 듣겠지?

작은 옷 → 이 옷에 맞춰서
내가 살을 빼겠지?

인테리어 소품 → 내 방도 힙해지겠지?

etc… etc…

텍마머니!

스스로 변하려고 노력하기보다
지갑을 여는 게 훨씬 쉽기 때문이다.

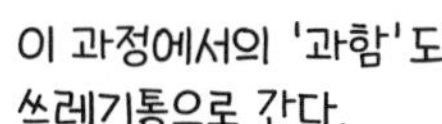
이 과정에서의 '과함'도
쓰레기통으로 간다.

CD 포함
쓰 봉(20l)

한때 남미의 로망으로
사고 들춰 보지도 않음

소비 유형 3.
소비의 짜릿함
차-킷
뿌-듯

물건을 즉시 가질 수 있게 되는 건
짜릿하다(돈 최고! 어른 최고!).

'지름'은 스트레스 등에 대한 '보상'과 같은 기분을 준다. 그래서 기분에 따라 이루어지는 경우가 많다.

이러한 충동구매의 결과들 또한 쓰레기통으로….

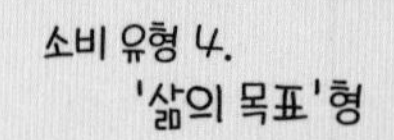

명품, 가전, 자가용 등 고가의 물품을 사는 게 삶의 목표인 유형.
(나는 백수라 해당하지 않지만)

이런 경우들을 제외하고 산 물건은 몇이나 될까?

진정 나를 위해
이 물건들을 샀는가?

나는 내 방이 더는
욕심쟁이의 방이 아니었으면 한다.
나에게 좋은 것,
필요한 것만 담아야지.

쓰레기를 버리는 건 살면서 꼭
필요한 행위이지만
그 쓰레기가 오래 써서,
마모된 결과물이 아닌
내 과한 욕심 때문이라는 건 슬픈 일이다.

쓸모를 다하지 못한
물건들에도 미안했다.
미안해…. 잘가.
잘
못 알아들었어요.
근데 애초에
쓸모 없는 게 더 많음

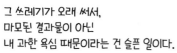

수도권매립지의 운영을 두고
정치권에서 설전이 이어지고 있습니다.

매립지 포화 임박 쓰레기 넘쳐나

이곳으로 반입되는 서울시 하루 폐기물
약 2952t의 행방은 어떻게 될까요?

(출처: 공공데이터포털)

지구가 쓰레기로 몸살을 앓고 있는 지금,
나는 도움은커녕 쓰레기만 내보내고 있다.

아가야
이건 가져야
한단다.

내 방은 정말 나의 원함이었나?

ㅇ 내 방과 지구 (3)

요새는 물건 사는 게 너무 쉽다.
너무 쉬워서 탈이다.

우리나라의 소득 수준은 어느새
쇼핑이 오락이 될 수 있을
정도가 되었다.

OO
입니다.
어서
오세요~
과거에 비하면 물건의 양과 종류도
많아졌고 가격도 다양하니(소득 대비)

물건을 사지 않는 게 더
어려운 일이 되었다.
아 재밌었당!

이제는 이런 그림이
연출될 일은 없다는 거다.
네 아빠가
입었던 거란다.
SALE FES
1970년대
2020년대

더욱이 온라인 쇼핑의 발달로 우리는
지갑을 더 쉽게 열게 되었다.

클릭 한 번이면 지구 반대편에서도
택배가 배달된다.
택배왔습니다~
네엥~
이 편리함을 마다할
사람이 몇이나 될까?

20대 여성이
많이 봤어요!
오 이거
괜찮은데.
(광고)
똑.똑.
깜짝 핫딜

기계들은 심지어 나의 취향을
간파해 물건을 추천한다.
이 소리는 유기농 개껌 소리
듣고 싶어서
못 끄겠어!
뭐야!
아까
얘기한 거 바로
광고 뜨네?
5초 후

소통의 창구였던 SNS는 이제
광고의 창구나 다름없다.
나
예쁘지?
나
부럽지?
사라사라사라

좋아하는 연예인이나 인플루언서들의
은근한 추천을 마다할 이유는 없다.

광고들은 교묘하게 우리의 심리를 건드린다.
가지게 되면 행복할 거라며.

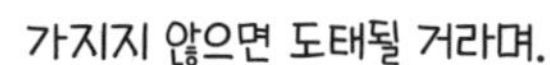

가지지 않으면 도태될 거라며.

미디어는 타인과 나를
계속 비교하게 만든다.

스마트폰을 하루 평균 500번
들여다본다는 현대인은
뭔가를 사고 싶어질 수밖에 없다.

넌 이걸
산단다 빔~

그래서 우리는 미처 필요를 느끼기도
전에 구매를 해버리고 만다.

이거
살까
얘도
괜찮은데?

의미 없이 사들여진 물건들은
본 수명을 다하지 못한 상태에서 버려진다.

어휴
처치 곤란 쓰레기
재활용도 안 됨
이거 버리는 사람도 쓰레기

자의든 타의든, 내가 한 선택은

예스 굿

환경과의 연결고리를 갖는다.

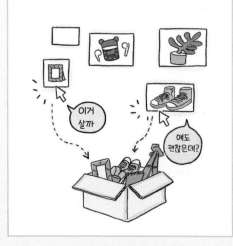

나의 욕심으로
지구가 아프다.

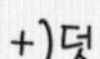
+)덧

사실 지구는 인격이 아니므로
미래의 당신이 아프게 됩니다.

○ 내 방과 지구 (4)

으다다
3-4

차라리 환경 문제가 쓰레기 문제에서
끝났으면 좋았으련만.
휘유~

더 큰 문제는 '물건을 만드는 것'에 있다.
예~이
꺄하
히히
꺄핫
야 누가
기계 좀 꺼라.

이 산더미 같은 물건들은
도대체 어디에서 왔을까?

딱 한 번 입은 이 옷.
면 40%, 폴리에스테르 60%.
인도네시아 공장에서 제작되었다.

내가 이런 옷 한 벌을 더 살 때, 목화밭에서는
더 많은 면을 위해 살충제를 더 뿌리고

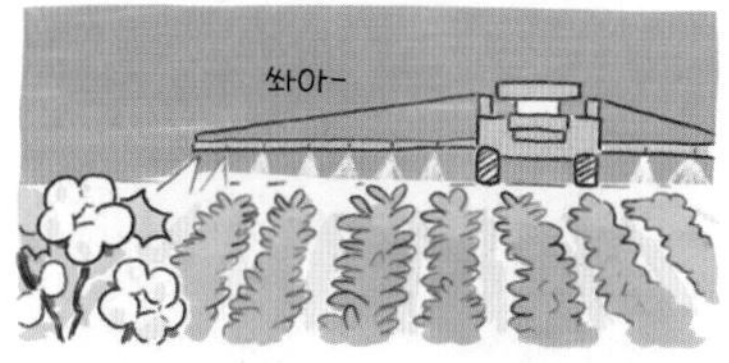

공장은 더 쉴 틈 없이 돌아가게 된다.

*패션 산업, 전 세계 탄소 배출량의 2~8% 차지(UNEP)

다양한 옷 색감을 위해 사용된
화학 염료는 강과 바다를 오염시킨다.

한 유럽 섬유 가공 회사는 직물 1kg당 466g의
화학 물질을 사용한다고 밝혔다.

VR
각종 제품들은 어떻게
내 방에 왔나?

원료로 채취되고
공장에서
정제, 성형되고

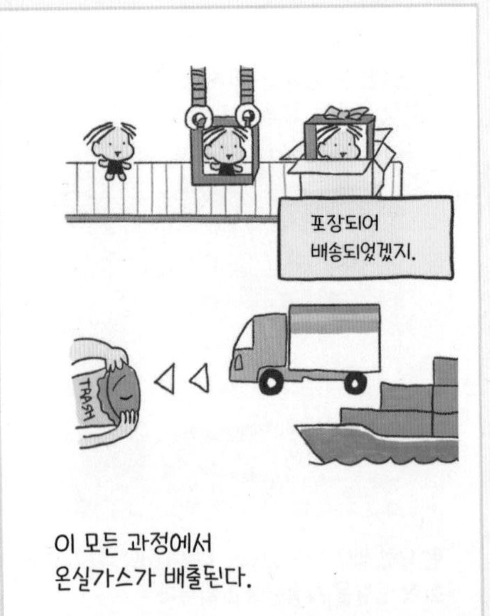
포장되어
배송되었겠지.
TRASH
이 모든 과정에서
온실가스가 배출된다.

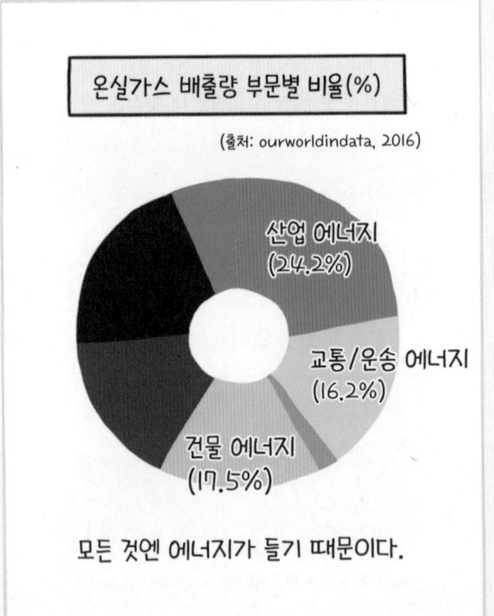
온실가스 배출량 부문별 비율(%)
(출처: ourworldindata, 2016)
산업 에너지
(24.2%)
교통/운송 에너지
(16.2%)
건물 에너지
(17.5%)
모든 것엔 에너지가 들기 때문이다.

내가 물건을 사면 살수록
지구는 뜨거워진다.
설령 친환경 제품이라도.

무수한 택배 박스와 종이는
다 어디서 왔을까?

바로 한때는
생명이었던 나무다.

탄소를 흡수하는 숲이 사라진다.
죽은 나무는 도리어 이산화탄소를 뿜어낸다.

잊고 살았지만, 내 방 물건들은
지구 어디선가 자원으로 채취되고,
가공되어 이 자리에 있다.

흐어어어
드디어 다 끝났다!

뒹굴
뭐하고
쉴까나~
비웠으니
뭘 좀 사볼까?

......?!..

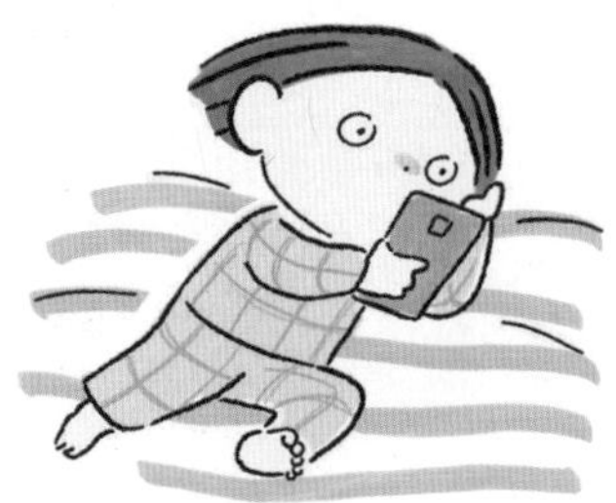

진심으로 내 무의식에
소름이 돋았다.

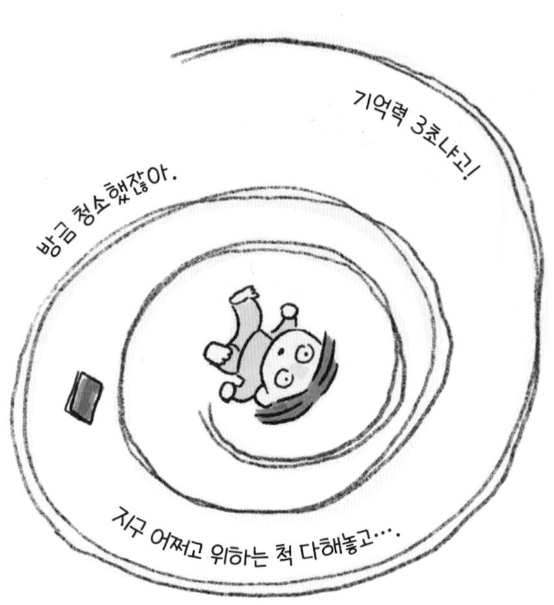

기억력 3초냐고!
방금 청소했잖아.
지구 어쩌고 위하는 척 다해놓고….

밀려드는 유혹을 떨쳐내고
나의 방을 사수할 수 있을까?

앞으로 내 방은 어떤 모습이 될까?

아직 잘 모르겠지만

홀린 듯이 샀던 그 물건들이
도움이 되지 않는 것은 알겠다.

줏대 없는 선택이 내 방을 그리고 지구를
병들게 한다는 것은 분명하다.

지구를 돌보는 일은
자기 자신을 지키는 것에서
시작되는 것일지도 모르겠다.
안녕,
나야?

외부의 목소리보다 내가 진정
무얼 원하는지, 내 목소리를 듣는 것.
요새는
저게 유행이래!
몰랐어?
저 정도는
되어야 잘 사는
거 아니겠어?
으어으어
에베베베

원래 내가 가지고 있는 것을 보살피는 것.
HOME
SWEET
HOME!

새로운 것을 원하기보다
소중히 아껴야 할 것을 돌보는 일.

그게 지구를 아끼는 시작일지도.

그리고 나 자신도.

Hello

내가 이렇게
아무것도 안 하고
뒹굴뒹굴하는 이유가
두
둥
...
나한테만 있는 건 아니다.

현대문명이 편리해도
너무 편리하다.
삑
덜커덩

배고플 때 먹는 음식은 물론
감사합니다~

잠옷 바람으로 필요한 것을 모두
받아볼 수 있다.

소통? 스마트폰 하나면
전 세계 사람을 바로 만날 수 있지.

집이 너무 더우면 에어컨으로
북극의 바람을 재현하면 되고

추울 땐 지글지글 난방.
차암 쉽죠?

좋지 아니한가?
나를 위해 준비된
찬란한 '현.대.문.명'
The
바벨탑

난 게으른 게 아니라 이 문명을
철저히 즐기는 것뿐이다.

지구종말뉴스
젊은 유튜버 꺅(29)
먹고 놀고 즐기는
콘텐츠
연매출 억대 넘어
...

일어나
이 쓰레기야!
딱

이렇게 누리다가 급격히 찾아오는
주섬
주섬
흑흑흑

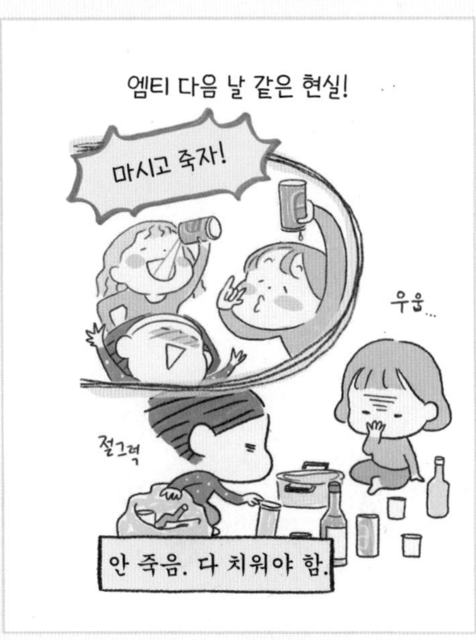
엠티 다음 날 같은 현실!
마시고 죽자!
우웅...
절그럭
안 죽음. 다 치워야 함.

그러나 이 찬란한 현대문명
뒤편에 있는 현실은

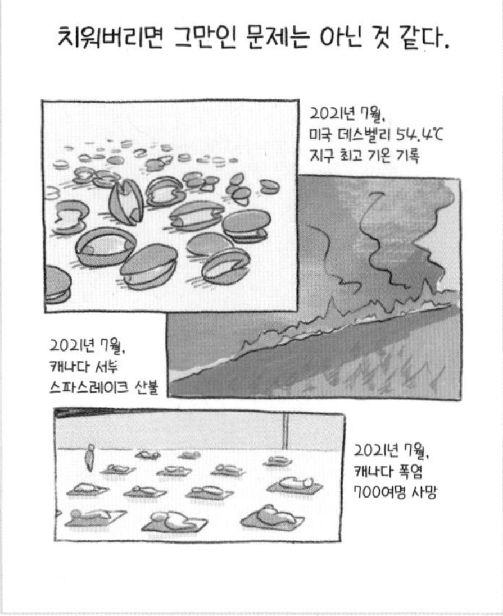
치워버리면 그만인 문제는 아닌 것 같다.
2021년 7월,
미국 데스벨리 54.4℃
지구 최고 기온 기록
2021년 7월,
캐나다 서부
스파스레이크 산불
2021년 7월,
캐나다 폭염
700여명 사망

'기후위기',
'환경보호'
사람 마음을
불편하게 만드는
단어다.

멀쩡하게
잘만 사는 내게
현실을 들이민다.

솔직히 모른 척하고 싶다.
살던 대로 사는 게 편하니까.

그러나 모르던 시절의
나로 살 수도 없다.

아놔
더워...
아침부터
30℃
나는 어디까지 외면할 수 있을까?

기후위기 시대,
나에게는 두 가지 선택지가 있다.

내가 살던
그대로 사느냐.
알게 된 만큼
변화하며 사느냐.

방향을 선택하는 건
전적으로 내 자신이다.
정했다!

당신은 어떤 길을
선택하시겠습니까?

○ 플라스틱 러버스 (1)

평생 한 가지 음식만 먹어야
한다면 무엇을 드시겠습니까?
긁

떡볶이요.
불쑥
아…
네…

나는 떡볶이를 정말 좋아한다.
+당면 추가
+치즈 추가
아아…
미쳤어…

미치고 팔짝 뛸 만큼
죽고 싶지만
떡볶이는 먹고 싶어.
라는 명언,
아니 책도 있지 않은가.

맵고 짠 것과 알코올,
그것은 천국의 문을 여는 연금술!
슈오오오오
이제 가자

자극적인 음식은
내 삶의 낙.
스트레스를 받을 때마다
열리는 파티.

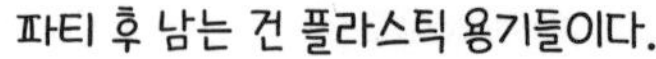

파티 후 남는 건 플라스틱 용기들이다.

안녕….
우리만 남았네….

즉석 행복의 잔재는 향기를 남기고….

아파트 한 동에 쌓인
4~5일치 쓰레기
다들 즐거운 파티를 즐기셨나 본데?

2020년 기준, 한국의 '1인 플라스틱 포장재' 소비량은 무려 세계 2위이다.

(출처: 그린피스

(왠지 알 것 같지 않아?)

우리나라에서 '위장'의 상상은 쉽게 현실이 된다.

먹고 싶은 걸 즉시 받는 것만큼
사치스러운 게 있을까?

요리들은 문 앞까지 안전하게
배달되기 위해 '용기'들에 담겨 온다.

플라스틱. 놀랍게도
400~500년간 썩지 않는다.

1800년대 말 출시된 첫 플라스틱,
썩으려면 아직 300년 남았다.

그런데 이건 누구나 아는 사실.
편리함이란 게 얼마나 무섭냐면

양심의 가책을 덮을 만큼 강력하다.

플라스틱을 줄이려고
요리도 해봤는데
3
그 과정에서 난 좀 불안해졌다.

이 시대에 밥을 직접 해먹는 것은
나의 미래나 실적에 도움이 되지 않는,
시대에 역행하는 일처럼 느껴졌기 때문이다.

지금쯤 걔는....

탁 탁

밥의 민족이라고 하지만
정작 요리할 시간은 낼 수 없는 우리.
자기~
밥 먹고 해 밥.
밥 좀 차려
줄 수 있어?
시켜 먹어.

우리는 바쁜 사람들이다.
0
22
6
18
12
OECD 국가 중 근무시간 2위 대한민국

먹는 것은 빨리 해치우고
나의 일에 매진해야 한다.

그래서 플라스틱과
일회용품은 필수다.

한 번 쓰고 바로 버리면 되는
'일회'의 편리함이 '빨리빨리'의
민족인 우리에게 딱인 것이다.

(출처: 환경부, 2020)

빨리빨리! 그 이면에는 무엇이 있을까?

이 편리함 뒤에는 무엇이 있을까?

이렇게 살면
대체 무엇이 남을까?

나의 떡볶이는
무엇을 남기는가?

○ 플라스틱 러버스 (2)

플라스틱, 다들 줄이려고 애쓰는 요즘이다.
텀블러
에코백
대나무 칫솔
스테인리스 빨대

과연 이 정도로
플라스틱을 줄일 수 있을까?

배달 음식을 피해 마트로 갔더니
COSCKO
WHOLESALE

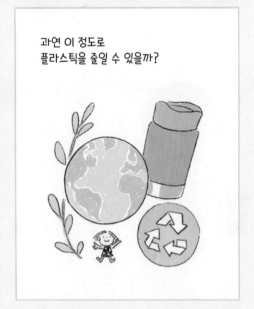

플라스틱 없이 살 수 있는 상품은
거의, 아니 구경할 수 없었다.

최소한 비닐을 사용해야
물건을 가져갈 수 있다.

(응, 비닐도 플라스틱~)

우리나라 플라스틱 사용량의
60%를 차지하는 포장재.

그중 80%는 단 1회
사용 후 버려진다.

(출처: 환경운동연합)

비닐봉지 한 장의 사용 기간은
하루 평균 25분에 불과하지만
전 세계적으로 봤을 때
매년 최대 5조 개를 사용한다.

(출처: UNEP)

물조차도 플라스틱에 담겨있는데

'탈플라스틱'이라는 것이 과연 가능할까?

플라스틱은 자본주의와 깊은 연관이 있다.

돈이 진리인 세상에서 플라스틱은
그야말로 마법의 재료다.
단가가 저렴할 뿐만 아니라,
생산 과정이 간단하고
생산 속도도
빠르기 때문이다.

물건을 사고 팔아야 돌아가는
사회는 플라스틱과 절친일 수밖에.

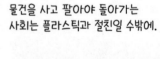

택배가 일반화되면서
플라스틱 포장재도 필수가 되었다.

물건이 손상 없이 도착해야 하니까.

먼 훗날 외계인이 지구에 와서 지층을
조사한다면 플라스틱이 가장 많이
발견될 것이라 한다.

'호모 플라스틱',
우리가 그렇게 불릴지도 모르는 일이다.

플라스틱 쓰레기의 행선지는
크게 4곳이 있다.

1. 땅
2. 강과 바다
MILK
3. 소각행
4. 재활용행
이 있다.

1.
땅(매립)
OECD 국가 기준
플라스틱 대부분(57%)이 이곳으로 온다.
(출처: OECD, 2019)

매립지에 버려진 플라스틱은 햇빛을
받기만 해도 온실가스인 메탄이 발생한다.
메탄
CH_4
자연 발화
메탄
메탄은 이산화탄소보다 온실효과가 28배 강하다.

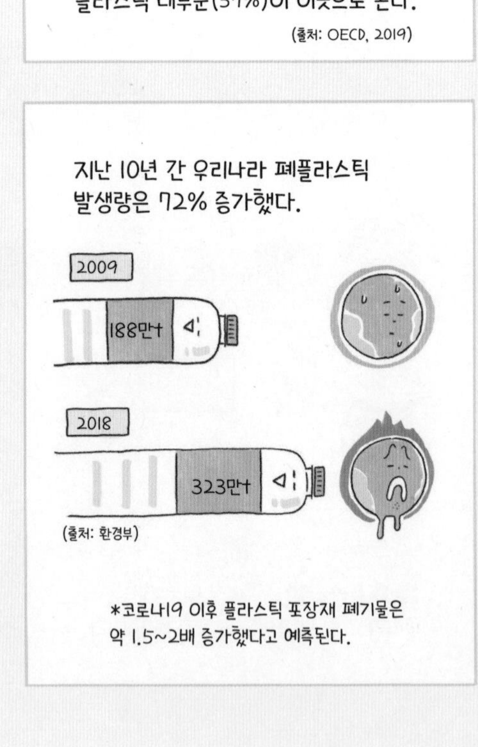
지난 10년 간 우리나라 폐플라스틱
발생량은 72% 증가했다.
2009
188만t
2018
323만t
(출처: 환경부)
*코로나19 이후 플라스틱 포장재 폐기물은
약 1.5~2배 증가했다고 예측된다.

2. 강과 바다

매년 최소 800만t의
플라스틱이 바다로 유입된다.

WWF는 2050년에는 바닷속
플라스틱 쓰레기가 2019년 대비
4배 이상 늘어날 것이라고 전망했다.

바닷속 플라스틱은 잘게 부서져

우리의 식탁에
올라온다.

주요 단백질원인 해산물은 이제
미세플라스틱과 화학물질에서
자유로울 수 없다.

3.
소각(24%)
플라스틱연소=열에너지로 재활용?!
우와...

플라스틱을 없앨 유일한 방법일까?

글쎄? 불태운다는 것은 결국
이산화탄소를 내뿜는다는 이야기.

쓰레기 소각도 기후위기에 일조한다.

4.
재활용(14~18%)
ECO FRIENDLY

폐플라스틱으로 만든 의류, 과연 친환경일까?

폐플라스틱 재활용 의류라도
몇만 개씩 생산되고 버려진다면,
그 플라스틱은 또 어디로 가는 걸까?

그냥 집에 있는 옷 입어.
그게 더 도움 돼.

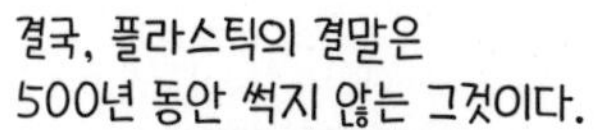
결국, 플라스틱의 결말은
500년 동안 썩지 않는 그것이다.

내 눈앞에서 사라졌다 해도
플라스틱은 먼 곳에 간 것이 아니다.

내 이웃에,
지구 곳곳에,
오늘 내 밥상에,

지금도 플라스틱은
기후위기의 형태로
내게 돌아오고 있다.

○ 플라스틱 러버스 (3)

여러분,
플라스틱 사용을 자제합시다!
NO MORE
PLASTIC

야
NO MORE
PLASTIC

너는 배부른 애잖아. 네가 직장에
다니고 돌볼 가정도 있으면
바빠서 플라스틱 같은 거
신경이나 쓸 수 있을 것 같아?

뭐 물건 파는 사람들은 플라스틱
좋아하는 줄 아냐? 포장되어야
사람들이 사는 거 아니야.
네가 생존에 맞닥뜨려져 봤어야
이런 소리를 다신 안 하지.

...
그래요, 맞는 말이에요.

우리는 대체 언제부터
플라스틱 없이는
살 수 없게 된 걸까요?

플라스틱이야말로 우리의 삶을
위협하고 있다는 것을 아시나요?
쪼륵

쓰레기도 쓰레기지만, 문제는
플라스틱을 생산·소비하는 과정에서
기후 문제가 야기된다는 거예요.

플라스틱은 석유를 증류해서 만들죠.
이 단계부터 온실가스가 나와요.
(전 세계 연간 석유 생산량의 4%는 플라스틱 제조에, 4%는 정제하는 데 쓰입니다.)

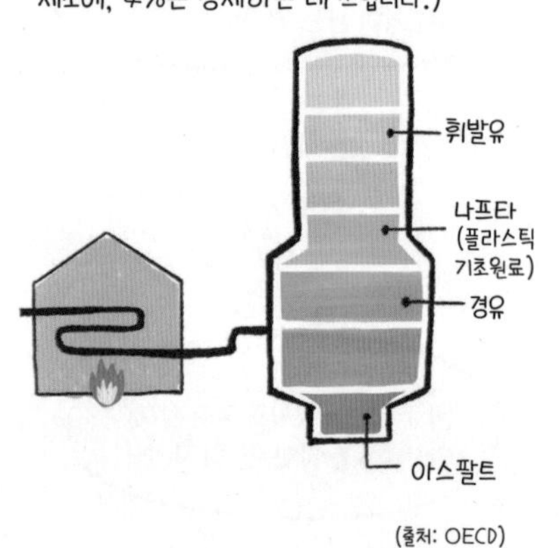

(출처: OECD)

생산에서 처리까지 약 8억 5천만t 이상의
온실가스가 대기 중으로 방출됩니다.

2050년까지 플라스틱 생산과 폐기로 배출되는 이산화탄소량은 1.5°C 탄소 예산의 10~13%를 차지하는 것으로 나타났습니다.

(출처: 한국환경회의)

우리나라만 해도 하루 평균
848t의 플라스틱을 배출해요.

그렇게 가벼운 플라스틱이 모여서 848t.

(출처: 환경부)

미치도록 더운 날씨가 우리 모두의
일회용 파티와 관계있다는 거예요.
오늘따라 덥네, 더워!

당신도 생존 위기에 직면해봐야
플라스틱을 줄이겠습니까?
어디서 삿대질이셔?

기업과 정부도 조금씩 바뀌고 있지만..
지금 당장 내가 할 수 있는 방법은
무엇이 있을까요?
LABEL FREE!

가장 간단한 방법은
최대한 소비하지 않는 것입니다.
PLASTIC STORE
엄마는 집에 갈 거야.
잉 잉 잉
사줘~

지금 이 사회에서 욕망은
플라스틱이라 해도
과언이 아닙니다.

플라스틱을 줄이긴 힘들겠지만

잘못된 욕망은 줄일 수 있습니다.

설령, 플라스틱의 대안이 생긴다고 해도

잘못된 욕망이 계속되는 이상
문제는 도돌이표입니다.

잘못된 욕망에는
분명히 대가가 따르니까요.

물
끓여 먹기

과포장
안 사기

그래서 저는
대체품을 찾기보다
플라스틱을 쓰지 않는
일상을 살기로 했습니다.

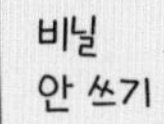
비닐
안 쓰기

플라스틱 없이
살 수 없는 세상,
그건 싫으니까요!

나 돌아
갈래!!
PLASTIC
CITY

○ 플라스틱 러버스 (4)

꿀꺽
OPEN

안녕하세요~!
뭐 드릴까요?
매운맛에 중국
당면 추가할게요.
아, 그리고….

혹
혹시 여기에
담아주실 수 있나요?
안에 장바구니도 있어요.

아…. 네.
배달이 밀려서 30분 기다리셔야 하는데….
괜찮아요!

부시럭

아, 사장님~ 비닐 안 쓰려고요! 단무지도 안 좋아하니까 빼고,
아 ... 예
젓가락도 빼고… 헤헤.

어휴, 드디어 성공했네.
배달만 안 시키려는 건데
이렇게 어렵다니….

입맛이 뚝 떨어지
지는 않네!
까흣
냄비에 담아와서 그런지 평소보다
따끈하고 눅진해져서(?) 맛있음!

경험에서 나온
<꿀팁!>
Good!
* 냄비보다는 김치통을 추천! *
냄비는 더 무겁고, 삐딱하게 들었다가는
대참사가 벌어진다(나도 알고 싶지 않았다).

이게 나의 첫 '용기' 있는 도전이었다.
2kg 덤벨
1.2km
가볍게 운동한다는 생각으로,
돈 주고도 운동하는 걸 뭐.

시간이 지나니 사장님도 날 알아보신다.

내가 좋아하는 샌드위치 가게
사장님도 비닐은 안 주신다.

플라스틱을 소비하지 않으려는
창의적인 움직임이 점점 늘어나고 있다.

곡류, 원두, 샴푸를 필요한 만큼
담아갈 수 있는 가게

동네 기반 중고 거래 마켓
저기
혹시….

도시 텃밭(더 많아지면 좋겠다.)

그리고 다양한 탈플라스틱 제품들
생분해 비닐
고체 샴푸
천연 삼베
수세미

아주 사소한 행동이라도
'시작한' 사람만이
변화를 만들 수 있다.
이면지

나는 작지만 의미 있는
선택을 하기로 다짐했다.

좋은 선택과 의미들로
내 삶이 채워지기를 바라기 때문이다.

이제 나에게 떡볶이는 다른 의미이다.
일회용 행복이 아닌

지속 가능한 행복!

○ 기후변화의 원인

오늘은 지구가 왜
더워지나 배워볼 거예요.

지구의 대기에는 다양한 기체가 있어요.
질소(78%)
산소(21%)
이산화탄소, 메탄 등(나머지 1%)
신기한 행성이구먼!

태양열은
먼 거리를 달려와
지구를 비추는데,
1억 5천만km

몇몇 기체들이 태양열을 붙잡아
지구평균기온을 올라가게 합니다.

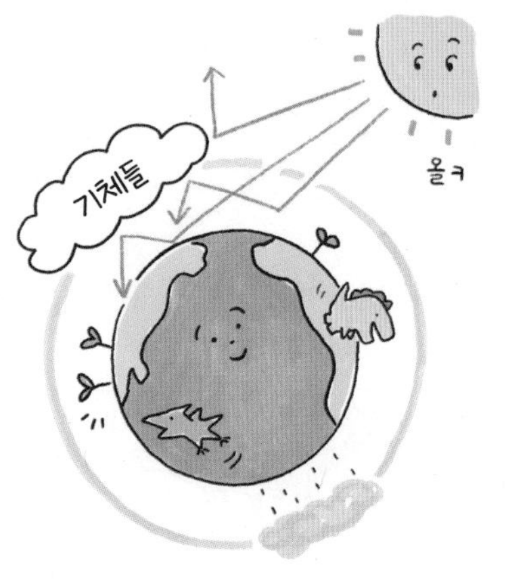

이 기체들은 마치 햇빛을 온실 유리처럼
가둔다고 해 '온실기체' 혹은 '온실가스'
라고 불립니다.

이 온실기체들 덕분에 지구의
생명체들이 살 수 있었답니다.

그러나 지금은 지구평균기온이
급격하게 올라가고 있습니다.

*지구평균표면온도(GMST)의 편차 값

(출처: statista, NASA)

이산화탄소와 같은 온실가스로 인해
지구평균기온이 상승하는 현상을
'지구온난화'라고 합니다.
탈
탈

이는 과도하게 많아진 온실기체
때문이에요. 특히 이산화탄소요.
이산화탄소
1700년
280ppm
2022년
418.15ppm
HAHA

선생님, 이산화탄소가
원인이라는 증거가 있나요?
좋은 질문입니다.

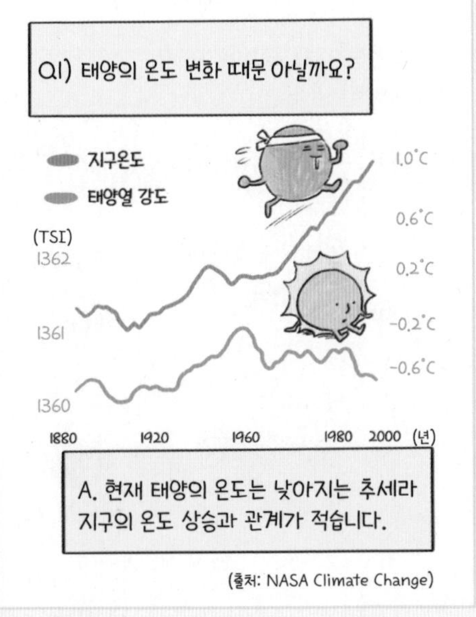
Q1) 태양의 온도 변화 때문 아닐까요?
지구온도
태양열 강도
(TSI)
1362
1361
1360
1.0°C
0.6°C
0.2°C
-0.2°C
-0.6°C
1880
1920
1960
1980
2000
(년)
A. 현재 태양의 온도는 낮아지는 추세라
지구의 온도 상승과 관계가 적습니다.
(출처: NASA Climate Change)

Q2) 자연스러운 변화이지 않을까요?

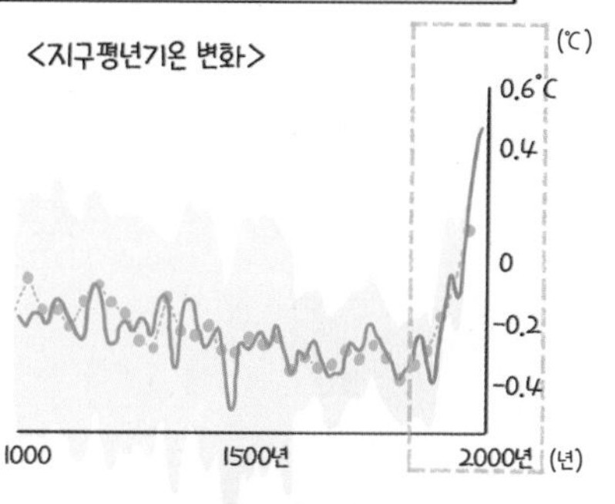

A. 지구의 온도는 변하지만
최근처럼 급변한 적은 없습니다.
어떤 인위적 개입을 생각할 수밖에요.

과학자들은 빙하의 깊숙한 얼음을 꺼내,
지구의 몇십만 년 치 데이터를 얻었는데,

이를 통해 지구의 온도와
대기 중 이산화탄소 농도가
비례한다는 사실을 알아냈습니다.
모양이 비슷하죠?

따라서 최근 급격한 지구의 온도 상승은
대기 중 이산화탄소의 증가로
설명할 수 있습니다.

여태까지 지구는 총 5번의
대멸종을 겪었는데요.

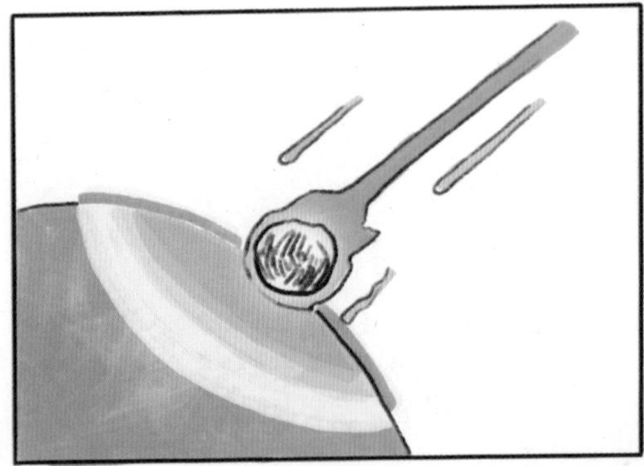

각기 다른 원인으로
대멸종을 겪었지만,

대멸종 시기에는 언제나
급격한 '기후변화'가 일어났습니다.
그리고 지금, 지구는 이산화탄소 증가로
급격한 기후변화를 겪고 있습니다.

그럼 요새 지구에 무슨 일이
일어났길래 탄소량이 늘었나요?

바로, 인구의 폭발적인 증가와
산업의 발전 때문입니다.

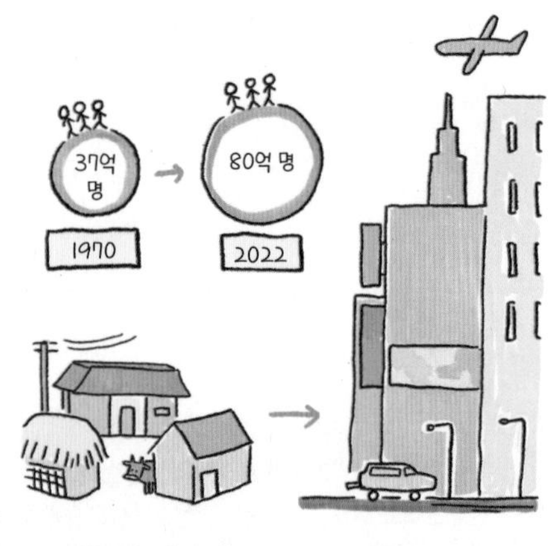

자연 상태에서는
재해가 일어나지 않는 한
이산화탄소가 크게 발생하지 않는데

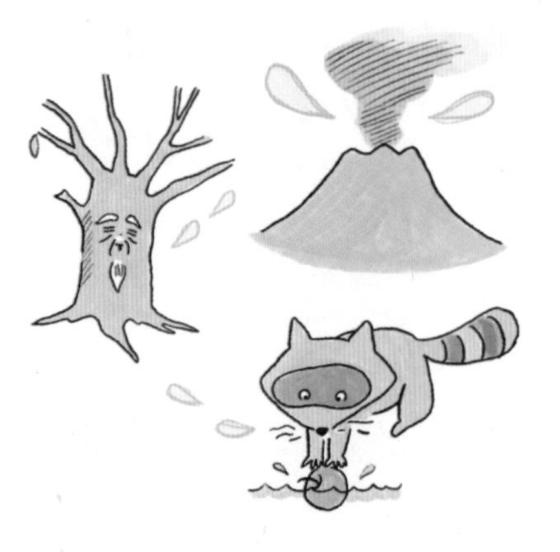

인간이 그 재해를 인위적으로
만들어내기 시작한 것입니다.

이렇게 들으면, 산업혁명 시기부터
지구온난화가 시작됐다고 생각하겠지만
배출된 탄소 중 절반 이상이
불과 30년 사이에 배출되었다고 합니다.

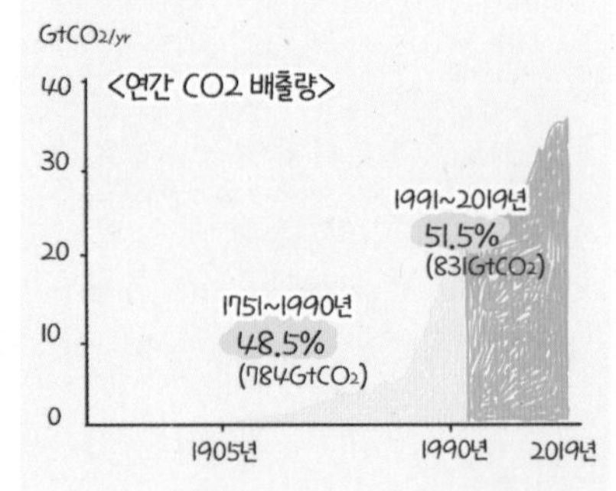

(출처: IEEP, 2020)

기후위기를 예전부터 존재한
지구의 고질적인 문제라고 생각하지만,

실상은 한 세대에서 시작되어
끝날 수 있는 이야기입니다.

부스럭

차칵 치이이이이이

치이이이이--
잘 먹겠습니다아.

흐업합핫뜨츄룹츄
두
둥
후루룹르르읍

2시간 시청
….

오늘 밤도 정말
무의미한 시간!

무의미하다는 걸 알면서도
난 꽤 자주 먹방을 본다.
오늘도 야무지게
비운 밥공기들!
츄릅

대리만족을 넘어 보기 불편할 때도
있지만 어느새 또 보고 있다.

사람 먹방을 넘어서
동물 먹방을 볼 때도 있다.

그러다 먹이사슬에서는 불가능한
일을 목격하기도 하는데,

인간은 참, 뭐든지 할 수 있구나 싶다.

난 무인도나 야생에 던져지면
가장 빨리 도태될 스타일인데

지금은 굶을 걱정 없이 잘 산다.

인간임에 감사하다고 해야 하나.

문득 엄마가 밥상을 차리실 때 했던 말이 떠오른다.

불만 말고 드셔들~
탁

조선 시대 임금도 클레오파트라도 매일 이렇게는 못 먹었어.
고기반찬이고 달걀이고 얼마나 귀했는지 알아?
진정해 엄마

그래, 나의 밥상은
그 어느 때보다 풍요롭다.

그리고 말도 안 되게
쉽게 먹을 수 있다.

인간은 말도 안 되는 일을
미국의 흔한 밀밭 스케일.jpg

말이 되게
꾹꾹꾹..

만들었으니까.
돌...돌...돌..

그럼에도 불구하고
나는 먹방을 본다. 왜일까?

이 풍요로움 속에서 나는
왜 허기를 느낄까?

이 허기에 과연
끝이 있기는 한 걸까?

○ 내 밥상이 지구를 해롭게 한다면 (1)

지구를 위해 나름대로
실천하며 살던 어느 날

비건*인 '달'과 만났다.
커피
시켰어?
응.
*비건: 동물 착취에 반대하는
삶의 방식과 철학을 실천하는 사람

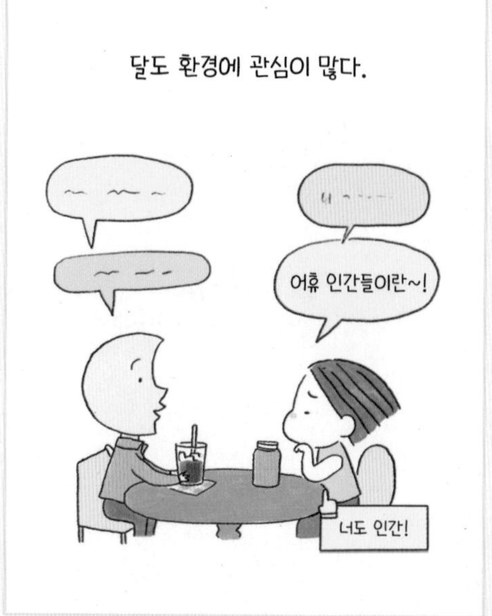

달도 환경에 관심이 많다.
어휴 인간들이란~!
너도 인간!

여차저차 밀린 수다를 떨다가
마라
엽떡
케이팝

다큐 <카우스피라시> 봐봐.
환경에 관심 있으니까.
그게 뭔데?!
기후변화와도
관련이 있어.

다큐 포스터
으음;
그그그그그그그래
포스터를 본 순간 내 직감이 말했다.
분명 불편한 내용이 있을 것 같다고.

집
난 딱히 이런 걸 즐기는 타입은 아니다.
외부의 것이 내 감정을 흔드는 게 싫다.

대체 소랑 기후변화가
무슨 상관이지.
그날은 호기심이 날 이겼다.

클릭
*무서운 내용, 묘사 없어요.

다큐의 주인공이자 감독은
나와 비슷한, 소소한 환경실천가였다.
자전거 타기
분리수거 열심히
BOTTLE
PLASTIC

그는 우연히 축산업과 온실가스의
관계에 관한 기사를 보게 되고
!
그 진실을 직접 조사한다.

감독은 다큐 내내
충격받았다고 말하는데

나 또한 그러했다.

결론부터 말하자면,

소를 기르는 것, 고기를 먹는 것이
엄청난 양의 온실가스를
배출한다는 것이다.

불현듯, 초등학생 시절의
기억이 뇌리를 스쳤다.

<1x년 전 과학시간>
소 방귀와 트림은 아주 지독한 가스로 지구온난화를 일으켜요.
아하하하하핳

와
얼마나 지독하면!
시골에서 맡아봤는데 진-짜 지독해!
하 하 하
깔 깔
얘들…얘들아?

방귀 얘기만 나와도 웃기던 시절이었지.

ㅋㅋㅋㅋ
ㅋㅋㅋㅋ
뭘 먹으면 그렇게 돼요?
소가 지구에 민폐네!

그러나 지금의 나는 소를 힐난할 수 있는 처지인가?

야생 소는 그 어디에도 없다.
(외국 극소수 제외)

그들은 모두 목장에 살고

그 또한 우리가 '먹기' 위해
사육당하는 존재들이다.

유엔 식량농업기구(UN-FAO)에
따르면 축산업발 온실가스는
전 세계 온실가스 총량의
14.5%로 측정된다.

플라스틱으로 인한 온실가스는 8억 5천만t,
반면 축산업으로 인한 온실가스는
80억t이다.

(출처: WWF 2021, UN-FAO 2018)

더욱 충격적인 사실은 이건 보수적인 수치고,
축산업이 온실가스 총량의 51%를
차지한다는 연구도 있다.

*상이한 숫자의 두 연구에 대한 부분은 나중에 다룰 예정

나 이거 왜 지금까지
몰랐지?????
디ㅡ ㅡ잉

사실 내가 환경에 더 깊게
관심이 있었다면 축산업의 영향에
관해 진작 알았을 것이다.
십여 년 전에도
교과서에
쓰여 있었음

물론, 플라스틱 쓰레기 문제보다
훨씬 덜 알려진 것도 사실이다.
NAVER
플라스틱
음식 쓰레기
석탄 발전
제로 웨이스트

야아
버리지마
앗.. 응.
쓰레기는 평생 내게
'좋지 않은 것'이었다.
그런데 고기는?

고기를 평생 '좋은 것'이라고 여겼던
그 생각이 잘못된 거라고?

○ 내 밥상이 지구를 해롭게 한다면 (2)

어릴 땐 그렇게까지 자주
먹진 못했던 것 같은데

성인이 되어서인지, 환경이 바뀐 건지
고기 먹기가 예전보다 훨씬 쉬워졌다.

고기는 밥상을 풍성하고 훈훈하게
만드는 귀한 것이었지만

이제는 특별한 상차림이 아니어도
매일 같이 먹게 되는 게 고기다.

지구와 육식의 관계를 알아보자.

고기는 일단, 모두 살아있었다.

그래서 당연한 이야기지만 그들이
살 장소와 먹이 그리고 물이 필요하다.

분뇨도 처리해야 한다. 놀랍게도 이 모든
유지 조건들이 지구온난화의 원인이다.
온실가스를 배출하기 때문이다.

*가축 중 온실가스 배출량이 가장 많은
소(62%)를 기준으로 하겠습니다.

소의 트림과 방귀에서 메탄, 아산화질소가
배출된다. 이 두 기체는 이산화탄소보다
온실효과가 수십, 수백 배 강하다.

가만히 소화활동만 해도
가축 온실가스 총량의 45%나 된다.

(출처: FAO, GLEAM 보고서)

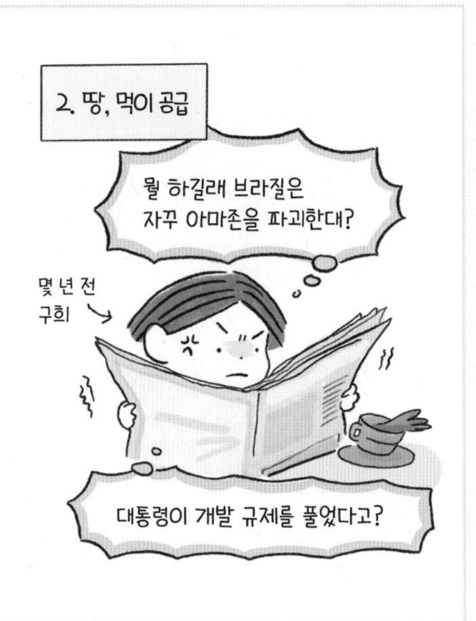
2. 땅, 먹이 공급
뭘 하길래 브라질은
자꾸 아마존을 파괴한대?
몇 년 전
구희
대통령이 개발 규제를 풀었다고?

지구의 허파인데….
야생동물들 다 죽을 거라고!
아마존 열대우림 파괴 요인의
91%가 축산업이다.
(출처: 다큐 <Cowspiracy>)

브라질 아마존 숲에서 1초당 18그루꼴의
나무가 사라졌다(2021년 기준).
1년으로 따지면 서울 면적의 27배 정도다.
(출처: 마피비오마스 프로젝트)

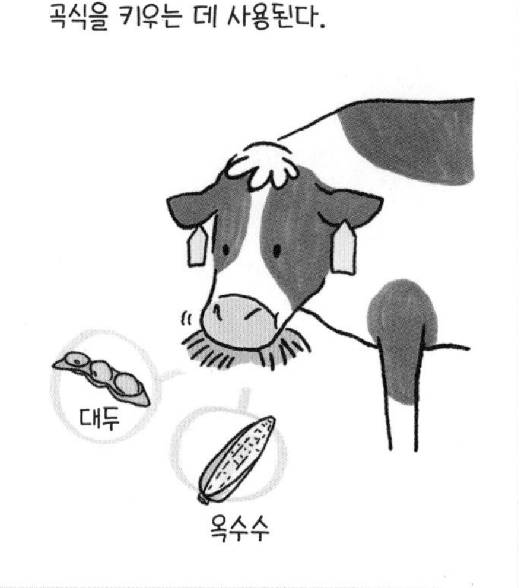
그 자리의 대부분은 소에게 먹일
곡식을 키우는 데 사용된다.
대두
옥수수

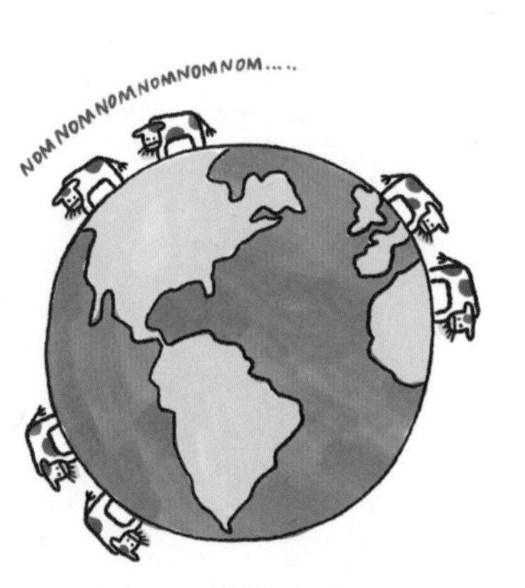

전 세계적으로 소는 약 13억 마리가 있고
이들은 약 1300억 파운드의 음식을 섭취한다.
(전 세계 인구 80억 기준 210억 파운드의 음식 섭취)

소고기를 먹는 건 한순간이지만
숲은 회복되려면 수백, 수천 년이 걸린다.

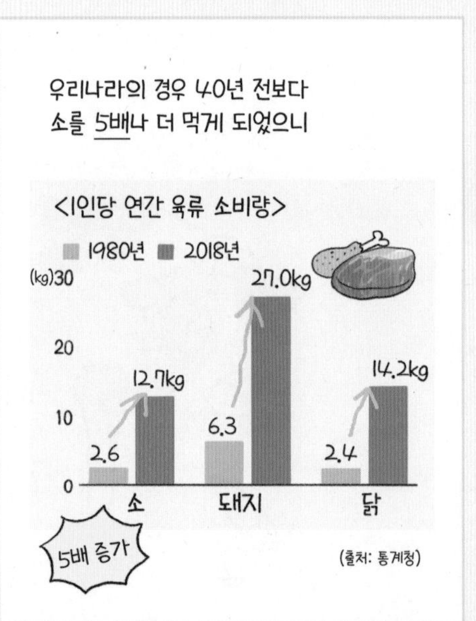

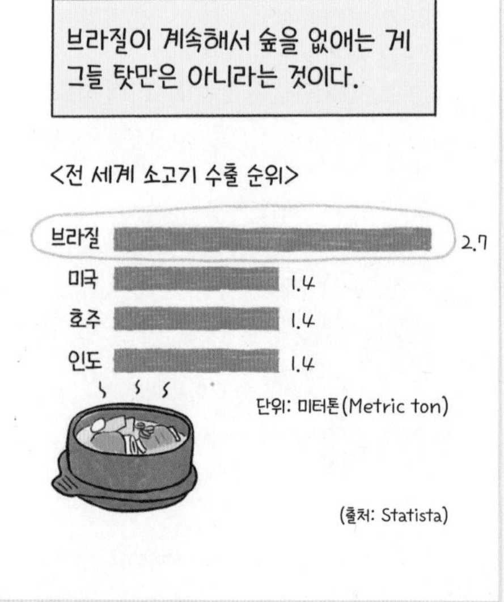

축산발 온실가스 총량의 41%는
사료 생산 및 비료와 살충제 제조,
사료 운송과 가공에서 발생한다.

3. 물 공급

축산업 유지를 위해 엄청난 양의
물이 필요하다. 햄버거 패티 114g에
물 2500L가 사용된다고.

미국의 경우, 가정에서 쓰는
담수의 양은 5%이지만
축산업에는 55%가 쓰인다고 한다.

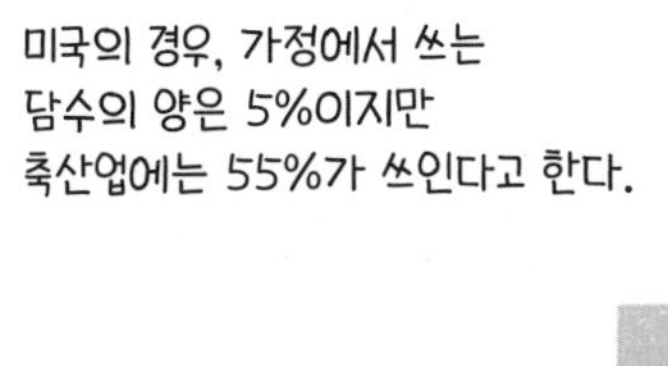

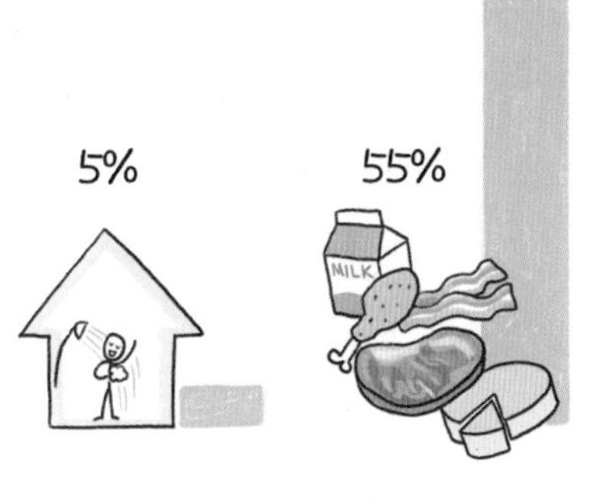

4. 분뇨

분뇨는 바다로 내려가
죽음의 해역을 만든다.

분뇨 관리는 전체 배출량의 10%를 차지한다.

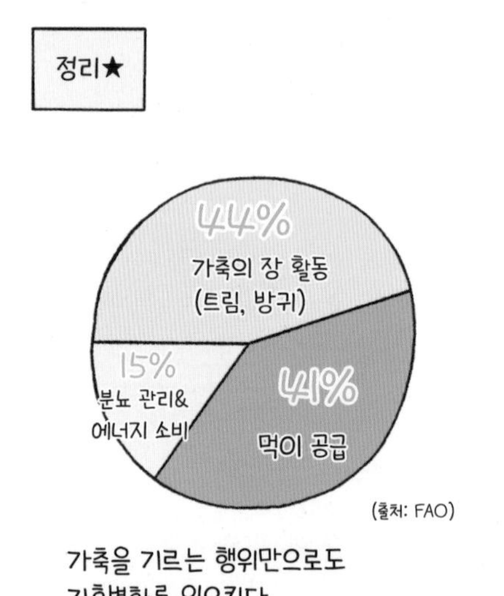
정리★
44%
가축의 장 활동
(트림, 방귀)
15%
분뇨 관리&
에너지 소비
41%
먹이 공급
(출처: FAO)
가축을 기르는 행위만으로도
기후변화를 일으킨다.

코로나19 재난지원금으로 소고기를
사먹는 유행(?)이 있었는데
이럴 때일수록
잘 먹고 힘내야지!

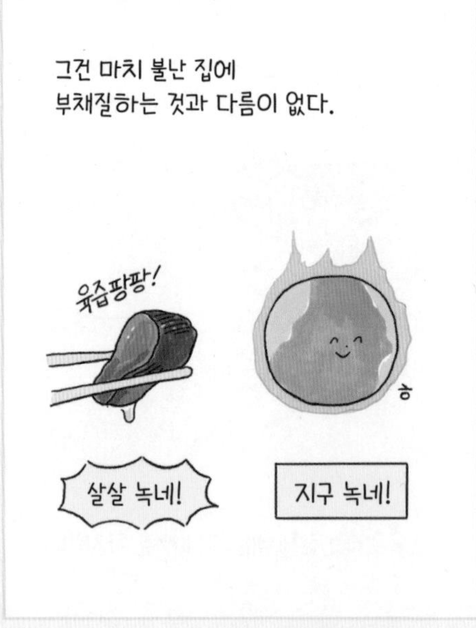
그건 마치 불난 집에
부채질하는 것과 다름이 없다.
육즙팡팡!
살살 녹네!
지구 녹네!

아 잠시만
그럼 고기만 문제가 아니라
우유랑 치즈도 문제잖아?
다 소에서 나오는 거니까!

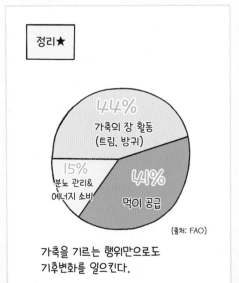

와............

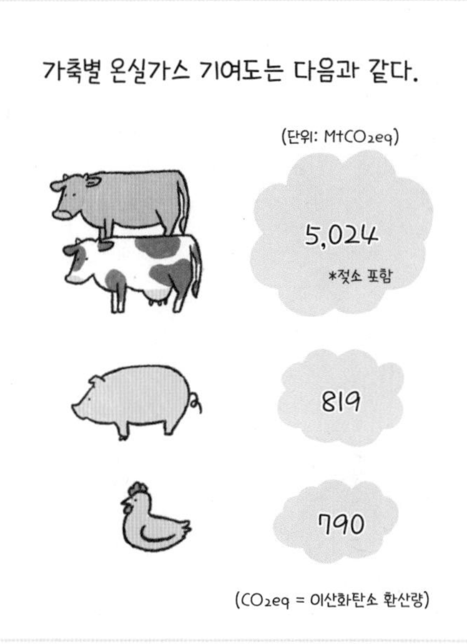
가축별 온실가스 기여도는 다음과 같다.
(단위: MtCO_2eq)
5,024
*젖소 포함
819
790
(CO_2eq = 이산화탄소 환산량)

그야말로 평범한 줄 알았던
나의 한 끼 밥상이
달걀,
버터 포함
우유
햄, 소시지

기후변화의 형태로
내게 돌아오고 있었다.
냠

○ 내 밥상이 지구를 해롭게 한다면 (3)

멍…

그래! 그렇다면 난 이제부터 비건이 되겠어!!
…라고 쉽게 말할 순 없었다.
끄응…

꾸르르르륵
귀찮은 배꼽시계…
텅
장이나 보자.

떡볶이
OPEN

음...

드르륵
FRESH
MART

본 게 있으니 고기 쪽으로
가고 싶지는 않네.

맞다. 라면
떨어졌는데!

돼지고기, 달걀, 소고기 함유
갓라면
윽
뭐가 이렇게 많이 들었지;;

달걀
돼지
소고기
우유
야채깡이라고 했지
고기 없다고는 안 했다.
야채깡
닭고기,
우유, 굴
포함

Yogurt
JELLY
'동물성' 성분 안 들어간 게
진심 아예 없는데???
성분표를
인생 처음
따져봄.

여기밖에 없는 건가?
너무나 원재료로 가득한
코-너
누군가 인간은 동물을 마치 연료처럼
사용한다고 했는데, 정말이었다.

음...
HAM

치이이익~
뭐,
어제도 먹었잖아!
하.하.하
아무도 뭐라 안 함.

햄의 맛은 여전했고,
달그락
바뀐 건 아무것도 없었다.

잘 먹었습니다-.

나의 생활도 놀라울 만큼
그대로였다.

그 많은 사실을
보고도 말이다.

플라스틱, 쓰레기 같은 문제에는
그렇게 열을 올렸었는데
지켜줄게!
어? 그래.

아. 참고로 난
여기까지만 할게.
네?
왜 너 혼자
북 치고 박 쳐?
내 식생활 문제에 대해서는
생각하고 싶지 않았다.

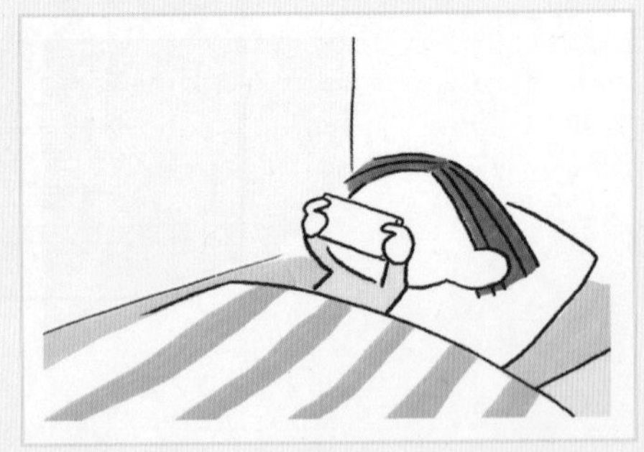

'사람들은 알면서도 왜 바뀌지 않을까?'
고민했던 나도 고기반찬 앞에선 똑같았다.

지구보다 내 일상의 궤도를
지키는 게 더 중요했다.

그렇다고 기후변화에 대한 염려와
관심이 사라진 것도 아니었다.

지키고 싶음에도, 지키지 않는.

그렇게 나는 모순의 길을 걷기 시작했다.

○ 내 밥상이 지구를 해롭게 한다면 (4)

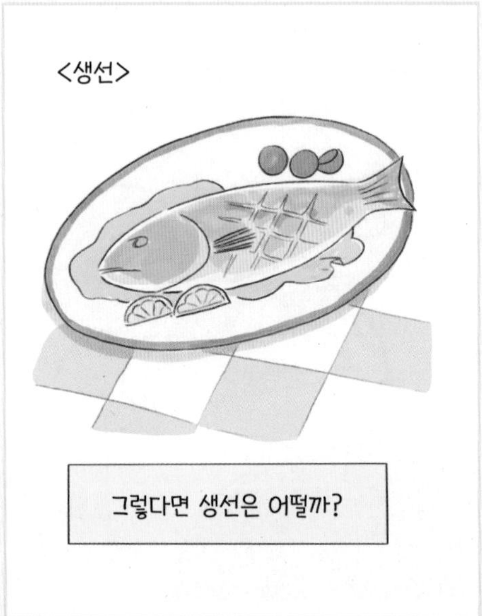

놀랍게도 인류는
1분 동안 물고기 약 500만 마리를
포획한다. 50년 사이 약 3배 증가한
해산물 소비량 때문이다.

(출처: 다큐 <Seaspiracy>)

어업 추세가 지속되면 2048년에
바다가 텅 빌 것이라고 한다.

싸그리~

<바다>

숲은 '탄소흡수원'으로 잘 알려져 있다.

하지만 바다가 더 큰 탄소흡수원이다.
전 세계 탄소의 1/3을 흡수한다.

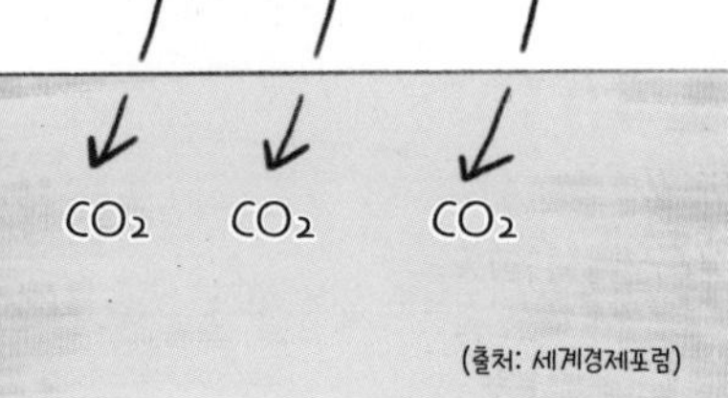

(출처: 세계경제포럼)

특히 해조류(미역, 플랑크톤 등)는
열대우림보다 20배 많은 탄소를 흡수한다.

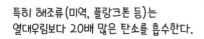

고래 한 마리 평균 33t 흡수

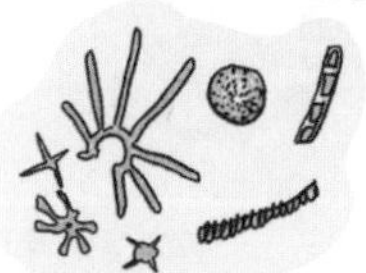

해조류 370억t (!!!)
흡수

(출처: Oceana)

그런 바다의 생태계가 몰살된다.
우리가 먹기 때문이다.

2020년 대한민국 어업 및 양식
생산량 규모 세계 12위

(출처: KOSIS, 2022)

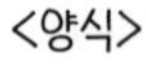

그럼 인위적으로 길러 먹으면 괜찮을까?

양식 연어 소비량의 경우,
이미 야생 포획량의 100배를 넘어섰다.

양식 물고기들의 먹이는
야생 물고기를 잡아다 만든다.

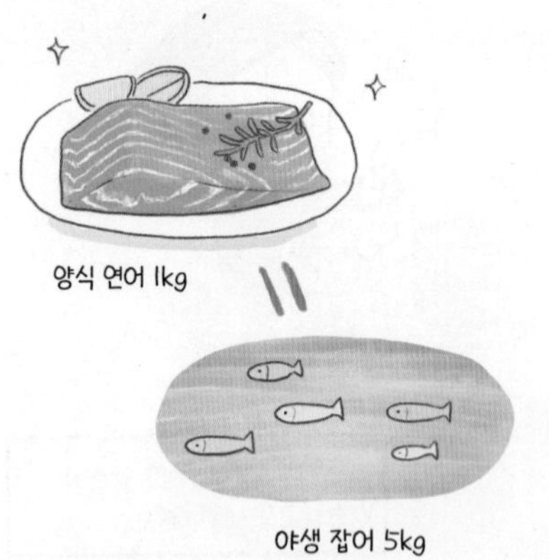

특정 인기 어종을 위해
바다의 생태계가 무너진다.

<새우>

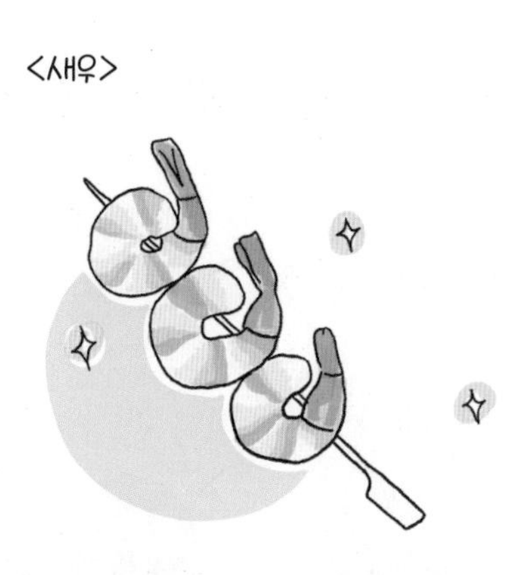

그렇다면 새우는 어떨까? 예전보다
크기도 커지고 흔해진 것 같은데...?

그건 대부분 양식이라 그렇다.

새우 양식장을 세우기 위해서
맹그로브숲을 파괴한다.

맹그로브숲은 열대우림보다 5배 많은
탄소저장소라고 한다.

UNEP(유엔환경계획)보고서에 따르면
맹그로브숲은 열대우림보다 4배
빠른 속도로 없어지고 있다.

<과자>

과자 성분표에 꼭 등장하는 '팜유'
어디에서 오는 걸까?

팜유는 기름야자나무의 열매에서 나온다.
보통 열대기후에서 서식한다.

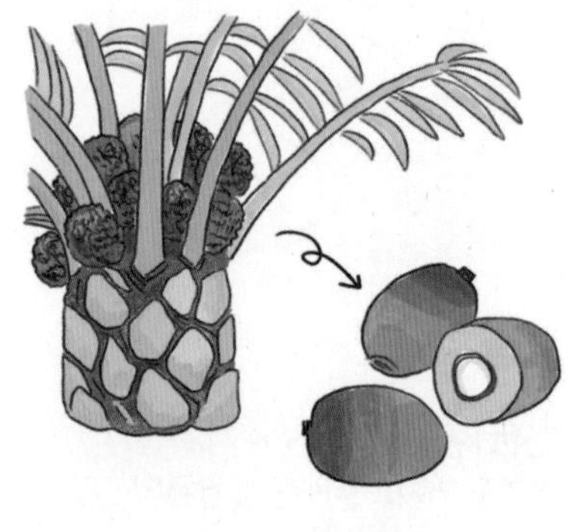

기름에 대한 수요가 커지자
팜유 농장이 늘어나기 시작했다.
동시에 열대우림이 점점 사라졌다.

팜유가 들어간 식품으로는 과자와

.. 등이 있다.

그럼 정신 차리게
커피 한잔만…

커피 또한
고밀도 탄소 배출 식품이다.

그럼 뭘 먹고 살란 거지?

지구에 해롭지 않은
음식이 있기는 한 거야…?

내가 보려고 만든

음식 1kg당 온실가스 배출량

단위: $kgCO_2eq$

음식	배출량
소고기	60kg
양고기	25kg
치즈	21kg
초콜릿	19kg
커피	17kg
양식 새우	12kg
돼지고기	7.2kg
닭고기	6.2kg
양식 물고기	5.1kg
쌀	4kg
바나나	0.8kg

(출처: Our World in Data)

○ 내 밥상이 지구를 해롭게 한다면 (5)

7
NO MEAT
NO DAIRY!

히히..
구희는 어떻게 된 것일까?

발단은 2주 전으로 돌아간다.
기후변화
&식생활
짝
짝

뒤풀이 가실 거죠?
네!

몇 시간 후
그래서 말인데요!
저희 스터디원끼리 '챌린지'해보는 거 어때요?

좋은 거 같아요!
와- 재밌겠어요.
으에?
취함

여긴 이미 고기 안 드시는 분들도 있고 하니 강연에서 나왔던 '자연식물식'으로요.
열혈!
휘-익
콜!
??
이번 기회에 동물성 줄여보는 거죠!

구희님은요?
왁자
지껄
아?! 네눼! 조아요~
네-. 그럼 전원 참가★

짠!
헉

긁적
?뭐야
열혈
굿모닝 여러분~ 오늘부터
'자연식물식' 챌린지 시작입니다!
맛있게 식사하시고, 공동 SNS에
인증사진 올리는 거 잊지 마세요!

누네~
할께요~
헐

안돼—
못——해!!

HOW TO 챌린지!

- 2주간 자연식물식* 실시
  (*통곡물, 채소, 콩, 과일이 주식인 식사법)
- 고기, 생선, 달걀, 우유를 먹지 않고
  기름, 설탕은 자제한다.
  (기름, 설탕 도전 여부는 참여자가
  선택할 수 있다.)

- 하루에 한 번 공동 인별에
  먹은 것을 인증하고 기록한다.
- 실패한 것도 기록한다!

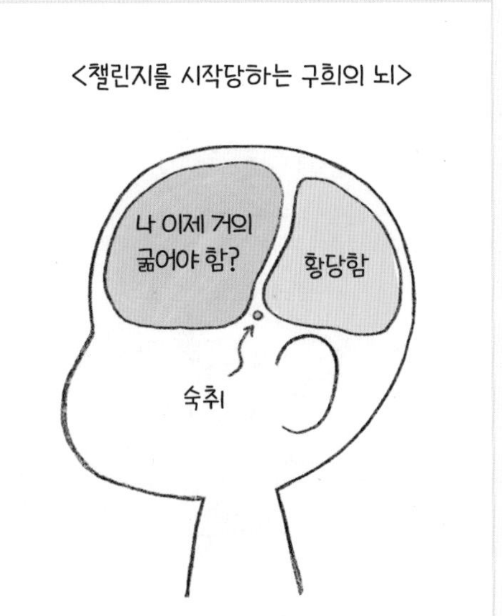
<챌린지를 시작당하는 구희의 뇌>
나 이제 거의 굶어야 함?
황당함
숙취

고기 없으면 필수영양소 부족한 거 아니야?!
평소에 영양소 신경 1도 안 쓴 사람

Tip!
자연식물식에서 필수단백질 섭취하기!
껍질을 벗기지 않은 쌀(현미 등)과 콩 요리를 같이 먹으면 된다(예: 된장, 청국장 or 콩밥).

그리하여
오늘의 밥상: 강된장 쌈밥

생각보다 토끼풀 같은 식사는 아니군.
냠
다른 사람들은 뭐 먹나 볼까?

오- 엄청 다양하네!
비빔국수!
생각도 못 했다.

된장찌개
채소카레
애호박 가지전
김치국
감자전
야채스튜 등등..

원래 나는 주는 대로 먹는 유형이다.
밥 먹어~
탁
가요~

그랬던 내가 난생처음
주체적으로 밥상을 결정하고 있다.

그렇게 챌린지는
어설프게나마 계속되었다!

○ 내 밥상이 지구를 해롭게 한다면 (6)

그렇게 2주의 시간이 흘렀다.
호박죽
비건피자
가지덮밥

살이 빠졌다! 1.5kg 정도!
오옷
TMI 더 신기한 건 셀룰라이트 사라짐!

그리고 화장실을 정말 매일매일 간다!
하앗..!

처음엔 이 챌린지 정.말. 하기 싫었다.
큰 행복이 사라질 것 같았기 때문이다.

연락하지마!
고기
안돼!
가지 마!

그런데 그렇지만은 않더라.

개운~

다른 사람들의 경우 운동량이
증가했다는 긍정적인 후기도 있었다.

WOW
최고기록

그래도 가장 신기했던 건
바뀐 내 밥상 그 자체였다.

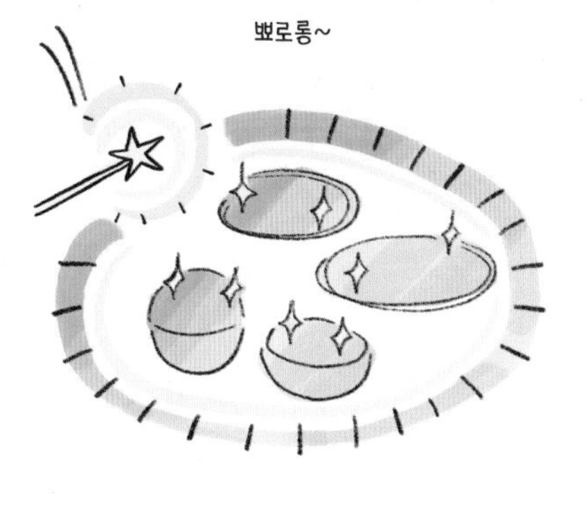
뽀로롱~

나는 비건을 지향할 만큼
행동적인 사람도 아니었고

동물권을 위할 만큼
용기 있지도 않았고

지구를 위해 이전 생활을 버릴 만큼
부지런하지도 못했다.

알고 보니 그런 자격은 전혀 필요 없었다.
그냥 '하니까' 바뀌었다.

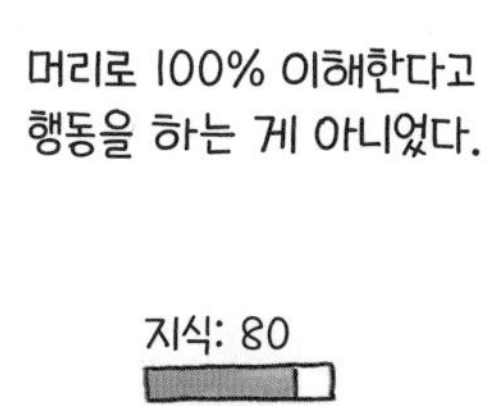

머리로 100% 이해한다고
행동을 하는 게 아니었다.

챌린지가 끝나면 빠르게 이전처럼
돌아갈 것이라 생각했는데

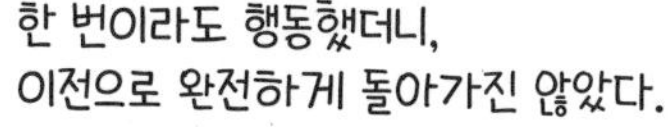

한 번이라도 행동했더니,
이전으로 완전하게 돌아가진 않았다.

나는 이제 고기를
단호하게 끊어낼 수 있을까?

Hey~

고기를 안 먹는 게
더 어려운 세상인데.

고기를 안 먹는 게
유별난 세상인데.
뭐하러 유난을 떨어?
옆 사람 불편하게.
생선은 안 불쌍해?
식물은?
뫄뫄
솨솨

그렇다고 가만히 있는
사람이 나을까?

"완벽한 1명의 비건보다
불완전한 10명의 비건이 낫다."
라는 유명한 말이 있다.

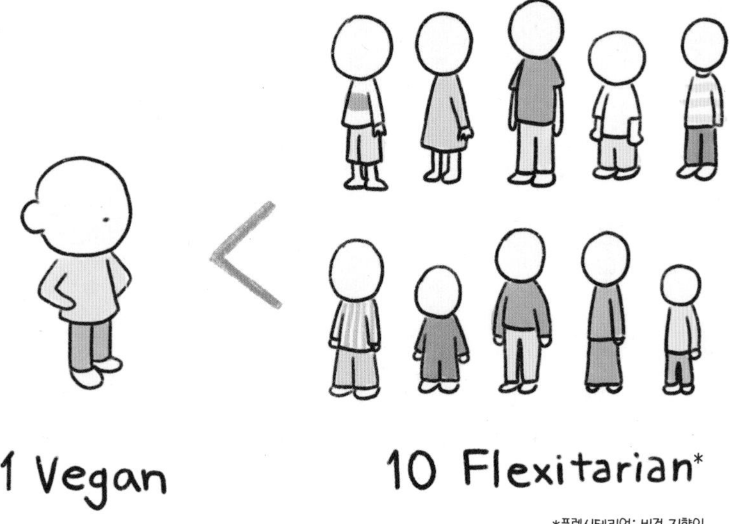

*플렉시테리언: 비건 지향인

완벽하지 않아도
'실천하는 다수'의 힘이
변화에 효과적이라는 것이다.

그래서 나는 불완전하더라도
계속해보기로 했다.

소고기만은
먹지 말자!
내게 필요 없는
것부터 줄여보자.

동물성 식품이 빠진 밥상은
'부족한' 밥상이 아닌

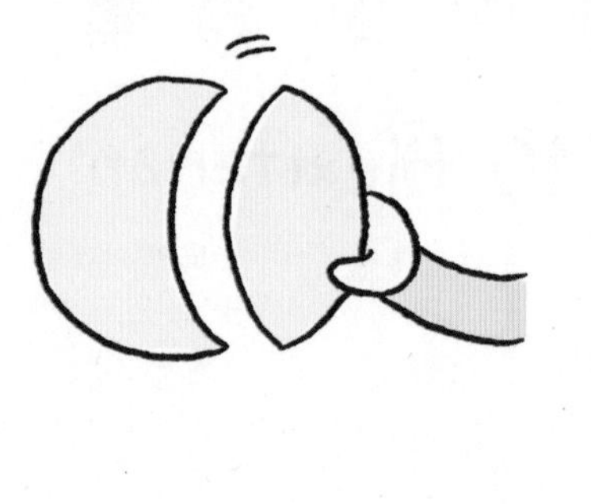

다른 의미들로 채워지는
'새로운' 밥상이었다.

그러니 그 새로움,
한번 만끽해보기로 했다.

지구를 위한,
그리고 나를 위한 밥상을.

달's 레시피
마라 크림 떡볶이

*마라 소스는 브랜드에 따라
비건/논비건이 있다.
재료
떡
마라 소스
두유
채소, 버섯은
있는 대로 넣기
두부
청경채
팽이버섯
가지/애호박

팬에 기름을 두르고, 적당히 썬 가지,
애호박 그리고 버섯을 넣어 익힌다.
(단단한 채소부터 익힌다.)
치이익

재료가 절반쯤 익으면
두유(약 150ml)와
마라 소스 한 팩을
넣고 섞어준다.

떡과 두부를 넣고 익히다가 마지막으로
청경채를 넣고 졸인다.
보글
보글

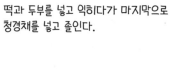

마라 떡볶이
완-성

마라의 알싸함과 두유의 고소한 조화.
소스가 배인 채소의 환상적인 풍미!

요새 비건에 관한 관심이 높아지고
레시피도 많이 생겨서 기쁘다.

그러나 육식이 지구에 미치는 영향에
대해서는 아직도 의견이 분분하다.

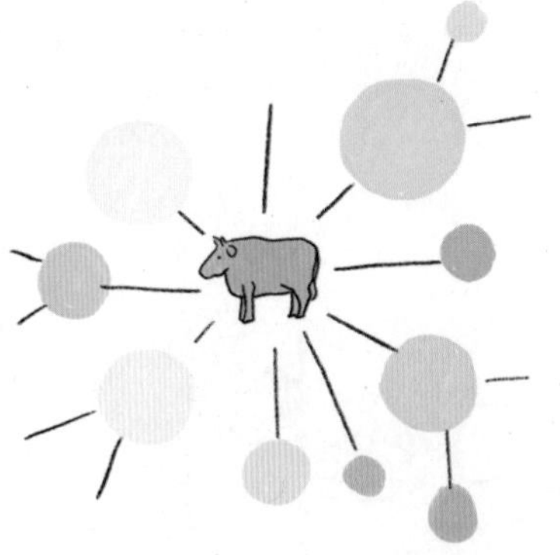

그도 그럴 것이 너무 방대한 영향이라.

가장 대표적인 두 연구부터
엄청난 숫자 차이가 있으니 말이다.

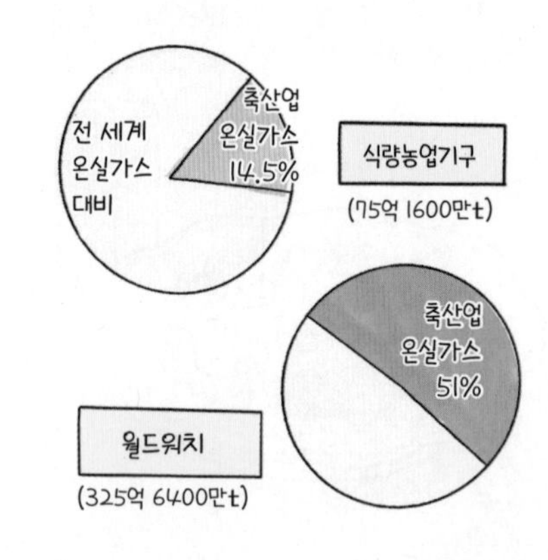

두 수치의 옳고 그름을 판단하기 어렵지만,
2014 유엔 총회 보고서에는 51%로
기록되었다.

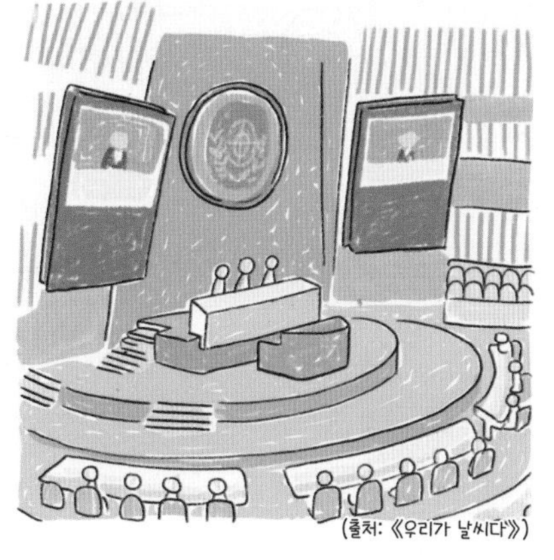

(출처: 《우리가 날씨다》)

월드워치(51%)는 벌목된 숲이 흡수할 수 있었던
CO_2를 포함하는 등 축산업이 끼치는
더 방대하고 연쇄적인 영향을 포함한다.

어떤 숫자이건 육식과 기후변화,
그 인과관계는 너무나 분명하다.

식습관을 바꾸는 것만으로는
지구를 구하는 데 충분치 않지만

바꾸지 않으면 지구를 영영 구할 수 없다.

구희의 레시피
감자 오믈렛

재료
토마토 1개
감자 2개
양파 0.5개
표고버섯 마음껏
호밀빵

감자 2개를
채 썰고
소금으로
간을 해준 뒤
체에다 넣고
물기를 뺀다.

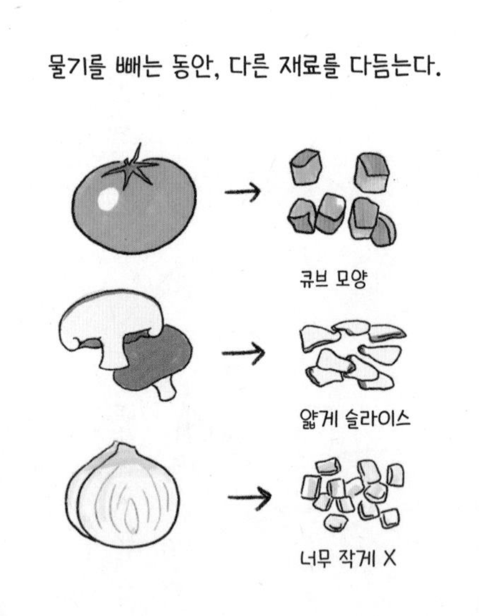
물기를 빼는 동안, 다른 재료를 다듬는다.
큐브 모양
얇게 슬라이스
너무 작게 X

양파, 버섯, 토마토 순으로
기름에 골고루 볶는다. +소금 간!
치이이익
다 익으면
덜어 놓는다.

기름 두른 팬에 채 썬 감자를 감자전처럼
납작하게 펴서 중불에 천천히 익힌다.
치익

뒤집은 다음 볶아둔 채소를 얹고,
감자를 반으로 접는다.
치이이
치이익

감자 오믈렛
완-성

상큼!
퐁
고소
퐁
풍미
퐁
환-상
풍부한 토마토즙이 감자를 적시고
구수한 버섯 향이 입안을 맴돈다.

사실 참조했던 레시피에는
치즈 2장이 들어가지만 뺐다.
(없어도 정말 맛있음)

순삭되는 게
단점이군….
허무하다☆

나는 소고기를 먹지 않고 있다.
돼지, 닭은 최대한 먹지 않으려고 노력한다.
(어찌나 곳곳에 들어 있는지)
빵, 육수 등에 들어간 동물성은 먹는다.

달그락
달그락

누군가는 날 모순적이라고 할 수 있다.

지구 위한다며?
샥
샥
닭은? 생선은? 치즈는?

흠. 그러나 내가 모순적이라고 해서
뭔가를 할 수 없다는 뜻은 아니지.

이래봬도 난
비건 지향이야.

내 생각에 비건은 도덕적으로 '완벽'하려고
실천하는 사람들은 아니다.

수련
좌아아아
풀 한포기도
소중하다
※자기 수행의 이미지

그저 생명이 덜 고통받고
지구도 덜 망가졌으면 하는 사람들이다.

공장 축산
코로나
집단폐사
기후변화
조류독감

내가 완벽한 완성형이어야만
무언가를 지키고 사랑할 수 있는 건
아니잖아.

그러니 스스로 만든 기준에
너무 얽매이지 않기로 했다.

완벽하진 못해도 기후변화에
저항하는 이 자율적인 마음을

소중하게 간직하고 싶다.

○ 내 밥상이 지구를 해롭게 한다면 (7)

지중해식 피타 샌드위치&샐러드
꺄♥

합
무언의 눈빛✦
RGRG..
찌-
-잉

으으...
치얼스-!!

어떻게,
요새 잘 지내?

덕분에 좀 바뀐
인생 살고 있지!
알게 해줘서..
그…. 뭡드!!
ㅋㅋㅋㅋㅋㅋㅋㅋㅋ

고기 자제하려고 하는데
쉽지는 않더라고….
직접 해서 먹으려고 해도
고기 포함 레시피가
훨씬 많으니 말야.
내가 요리 초보이기도
하지만….

맛의 문제도 있지만
고기가 일단 너무
흔하고 쉬워!!
도대체 어쩌다
이렇게 되었을까?

다 돈의 문제지.
고기가 싸졌기* 때문이야.
50~60년 전 공장식 축산이
'발명'되고부터.
(*수입 고기에 해당)

고기와 생선을 먹는 것
자체가 잘못된 건 아니라
생각하는 게
야생동물들도
동물을 사냥해 먹고
예전 조상들도
수렵해서 먹었으니까.

지금 다만 우리는….
너-무
많이 먹고 있지.

그러니까 싸고 쉽게
많~이 고기를 얻기 위해
이루어지는 공장식 축산이
제일 문제라는 거지?
응.

저렴해지니 온갖 음식,
가공식품에 들어가고….
고기만두
SPAM
LATTE
흔하고 간편한데
심지어 맛있다고 생각하는 걸
어떻게 자제하지?

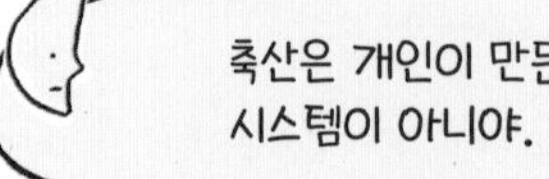

손쉽게 숲을 베고,
엄청나게 물을 길어 쓰고,

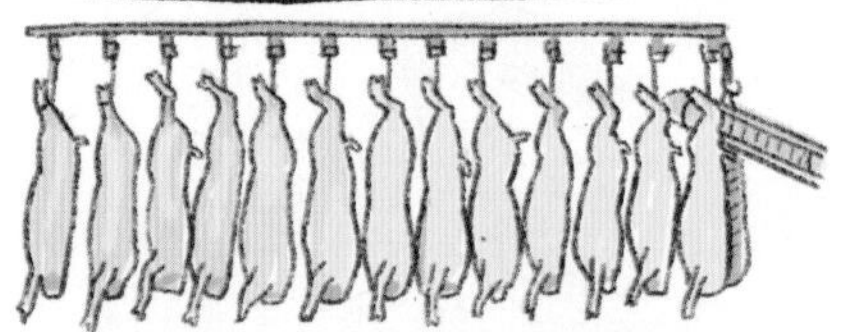

엄청난 수의 동물을 도축하고….
거대한 기업식 시스템이지.

지구의 풍요로운 자원은
따로 주인이 없었거든.

그 대가가 기후변화로
우리에게 돌아오고 있지.

그러니 개인이 극복하기엔
너무 힘든 문제야.
정부 차원에서의
채식 위주 식단에 대한 지지도
꼭 필요하다고 생각해.

예를 들어 고기를 줄인
급식 식단표를 구성하거나,
대형 콘퍼런스에서 비건식을 제공하거나.

이미 다른 나라에서는 변화가 시작되었어.

2014년에서 2019년 사이 영국의
완전 채식주의자 수가 4배로 증가했어.
(출처: The Food&You)

난 매일 먹는 고기가
당연한 거로 생각했는데,
이제 당연한 건 없다고 생각해.
10월인데 에어컨을 틀어.

기후도, 우리의 미래도 불투명해.
이런 시점에서 지속 가능한 밥상을
받아들이지 못한다면
이제 그건 시대에 맞지 않는 거야.

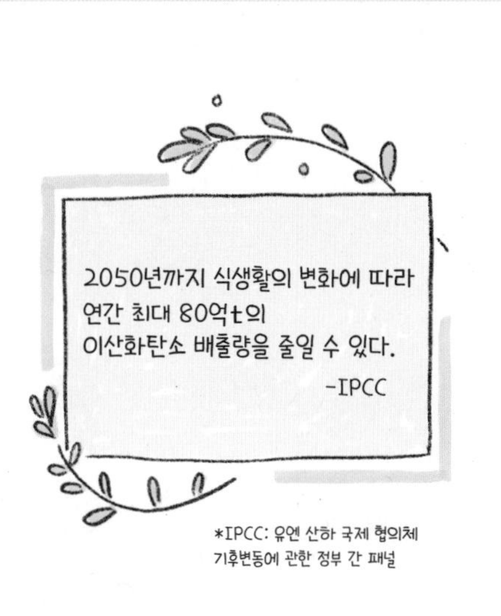
2050년까지 식생활의 변화에 따라
연간 최대 80억t의
이산화탄소 배출량을 줄일 수 있다.
-IPCC
*IPCC: 유엔 산하 국제 협의체
기후변동에 관한 정부 간 패널

그러니 함께하자, 친구.

그…. ㄹ…
?
대신 너 나랑 자주 만나!!!
주변에 비건인 없단 말이야.

책임져어엇!!
에피소드 끝.
챌린지는 계속된다!

O Special Episode. 좋은 날

드륵
*이 만화는 10월에 그려졌습니다.

너무 좋은 날씨다~
코끝이 살짝 차가워.

슬슬 뜨거운 커피가

푹신 포근한 니트,
도톰한 이불이 생각나는 계절.

엣헴...
갑자기 똑똑해지고 싶어지는 계절!

책 넘기는 소리도 좋고
책 냄새도 좋아!
쿵카
쿵카

쿨....
툭

스륵
헉
좋아도 좋네
마음도 넓어지는 계절!

그냥 이렇게 좋은 날이다!
꺄홋

난 '한정판'이라는 말을 좋아하는데
LIMITED

이 얘기를 왜 하냐,
난 '계절 한정'이라는 단어를 좋아한다.
짧지만 그래서 더 특별한 행복이니까.

가을은 계절 자체가
한정판처럼 특별하다.

'이 계절'이라서
하고 싶은 것도 많아진다.
CHOCO
? →

어찌나 날이 좋은지 가을이 길어진다면
인성마저 좋아질 것 같다.
HAHA
HOHO
훈.훈.

사는 지역의 기후 환경에 따라
기질과 문화가 달라진다고 하는데
러시아
멕시코

우리나라 사람들이 임기응변에 강하고
성격이 급한 이유는 사계절이 뚜렷하기
때문이라는 설도 있다.

지구온난화로 평균기온이 올라가면
우리도 남미 사람들처럼
좀 느긋해질 수 있을까?

샤카
샤카

시에스타가 생길 수도 있을까?

방해 X
어쩌면
열대과일이
열릴지도?
wow

현 to the 실

더운 날이 많아져도 '극단적'일 날씨

으…

아~악
그만!!!

참… 아름다운 날씨다~
흐흐
흐흐흐

아름다움을 느끼는 만큼 이 계절이
부쩍 짧아짐에 걱정이 된다.

…그렇지만 그 걱정, 잠깐 접어두려고 한다.
탁

계속 우울하기에는 세상이
너무도 아름답기 때문이다.
좋다!
좋아!

쏴

모두
존재해줘서
고마워요.

고마워요!

ㅇ Special Episode. 미술 학원 이야기

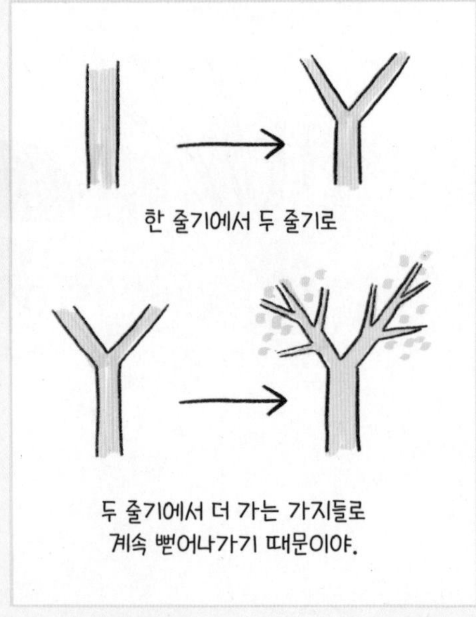

나는 미술 학원 선생님 일을 하고 있다.

나무는 위로 올라갈수록
점점 얇아진다!

한 줄기에서 두 줄기로
두 줄기에서 더 가는 가지들로
계속 뻗어나가기 때문이야.

귀여워….

요즘 애들은 정말 빨라서
스마트폰도 능숙하고 아는 것도 많다.
?
1학년인데
자판을 쳐?
심지어 빨라!
토도도
영어도 잘함

그래서 그림에서 아이들의 천진난만함을
발견할 때면 어쩐지 마음이 놓인다.
선생님,
우리 집 어항에
멸치 키워요!
(뻥)

한번은 바다를 그리는 날이었다.
얘들아, 니모 봤니?
초3 쌍둥이

선생님은 거기 나오는 거북이
실제로 봤다~ 같이 수영했지롱~
고래도 기억나? 실제 고래는
아파트만큼 클 수도 있대!

그러자 그 아이들은
바다에는 쓰레기가 가득해요.
산호초도 이제
다 죽어간대요.

…!!!

샤샥

그 아이들은 초연하게
'예쁜' 바다를 그리고 떠났다.
딸랑
그 와중에
잘 그렸어….

또 한번은 도시를 주제로 한 날이었는데,
도시의 미래를 알려주는
'판'을 만들래요!
?

판? 무슨 판?
동그란데 돌리는 거.
아하!
룰렛 말이야?
끄덕

열심
열심
으응?!
부담스러울까
곁눈질로 보는 중

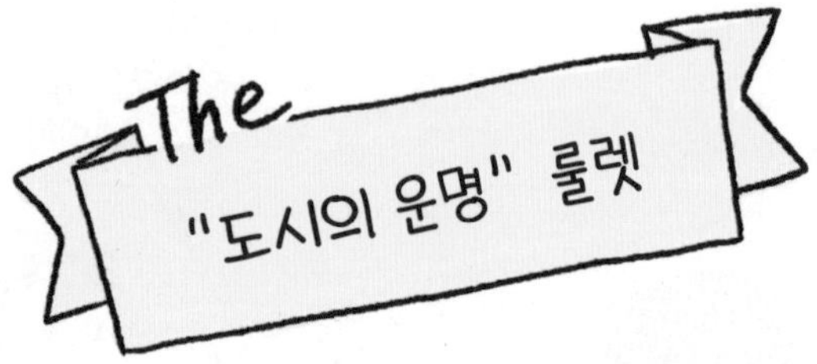
The
"도시의 운명" 룰렛

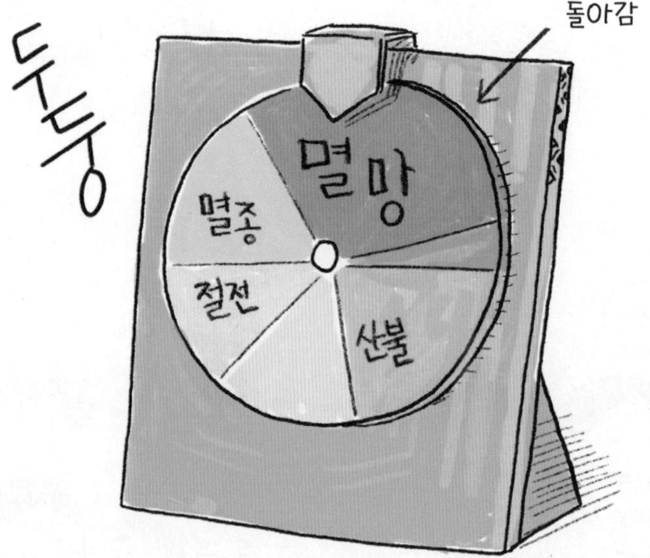
두둥
돌아감
멸망
멸종
절전
산불

한 칸 남았는데
뭐 쓰지이?
푸쉬
핫

긍정적인 칸도
넣으면 어때?
나무 심기 할까?
어때?!
네!!

그 애는 아홉 살이었다.
딸랑
돌돌돌...

아이들도 다 알고 있나 보다.
탁...
지금 세상의 불안함을.

지금 이 시기, 모두가 힘들지만
난 특히 아이들이 제일 불쌍하다.

설레는 입학식도 없이
벌써 2학년이 되어버린 ○○.

축구가 제일
재밌어요!
그다음 미술!

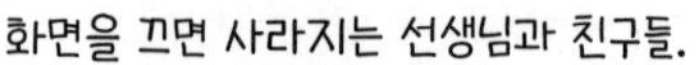

화면을 끄면 사라지는 선생님과 친구들.

텅~
마음껏 뛰놀기는커녕

자유롭게 호흡조차 하지 못하는 아이들.

선생님은 너희들의
천진난만함을 지켜주고 싶은데

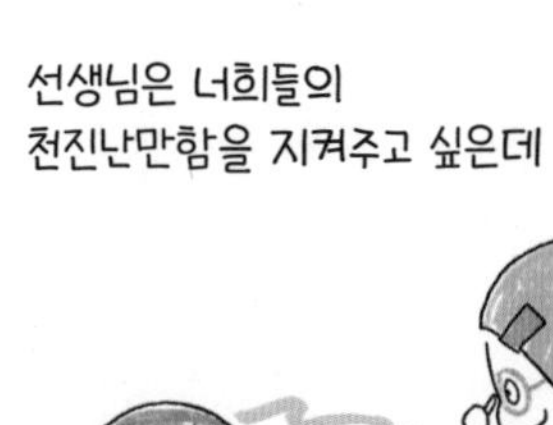

그러기에는 지금 이 세상이 너무 불안하네.

미안해….

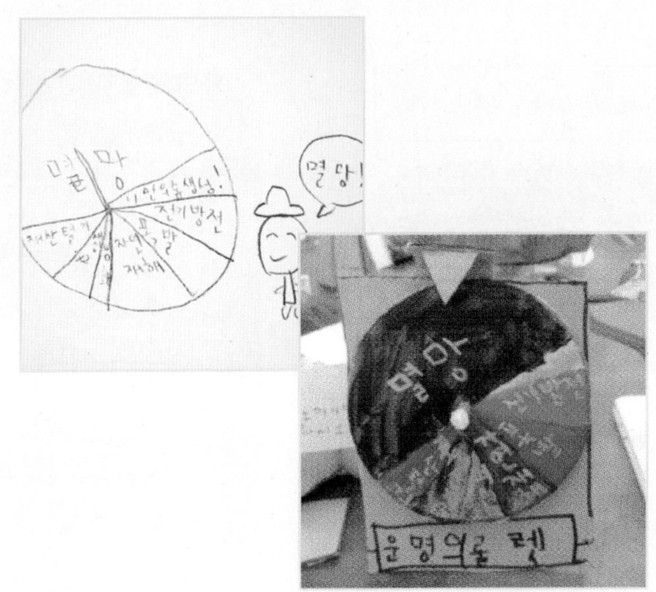

○ 너와 나의 연결고리 (1)

시간을 다시 앞으로 돌려….
치지직…….

다큐 <카우스피라시>를 본 직후의 일이다.
…
(챌린지 시작하기 약 1년 전)

착잡한 마음에 잠이 오지 않았다.
…….

내가 플라스틱에 집착하는 사이
얼마나 많은 끼니로 탄소를 배출했을까?
라는 생각에 말이다.

혹시 내가 크게 빼먹은 게 있는 걸까?
Stage 8
열심
열심
여기 분명 보스가 있는 거 같다고!

혹시 내가 기후변화에 굉장히
비효율적으로 접근하고 있는 게 아닐까?
Stage ??

기후변화의 가장 큰
원인은 뭘까?

이날, 나에게 일어난 사건은
영화처럼 극적이지는 않았다.
아임 유어 파더….
후욱
후욱

그저 집구석, 단 한 번의 검색이
나를 뒤흔들어 놓았을 뿐.
EPA

온실가스의 양을 말해주는 도표에서
가히 압도적이었던 것은

에너지였다.

자, 지금부터 온실가스 배출량의 분야별 순위를 가려보겠습니다!
2
1
3
쟁쟁한 후보들이 기다리고 있는데요! 과연 어떤 결과가 나올까요?

(출처: Climate Watch, World Resources Institute)

1위
산업 에너지 사용
(24.2%)
철강, 화학 및 석유화학,
건설, 섬유, 목제제품, 자동차 등
제조업에 사용되는 에너지
관련 온실가스 배출입니다.

2위
농업, 임업, 토지 이용
(18.4%)
삼림 벌채 등으로
인한 탄소 배출과
농작지 관리 방식에 따라
발생하는 온실가스입니다.
(경작, 비료, 살충제 살포)
이 분야에 가축 온실가스도
포함됩니다.

3위
건물 에너지 (17.5%)
석유 시추기
난방, 조명, 가전제품 사용 등 빌딩에서 사용하는 에너지에서 발생하는 온실가스입니다.
따끈
주거건물 10.9%
상업건물 6.6%

4위 교통(16.2%)
자동차, 비행기, 배 등에 사용되는 연료 연소로 인한 배출입니다.

5위 그 외 연료 연소(7.8%)
바이오매스, 원자력 산업 등 기타 연료 연소로 인한 에너지 관련 배출.

*이 수치들은 모든 국가에 똑같이 적용되지 않습니다.
(예: 미국은 교통부문 배출량이 전 세계 평균보다 훨씬 높다.)

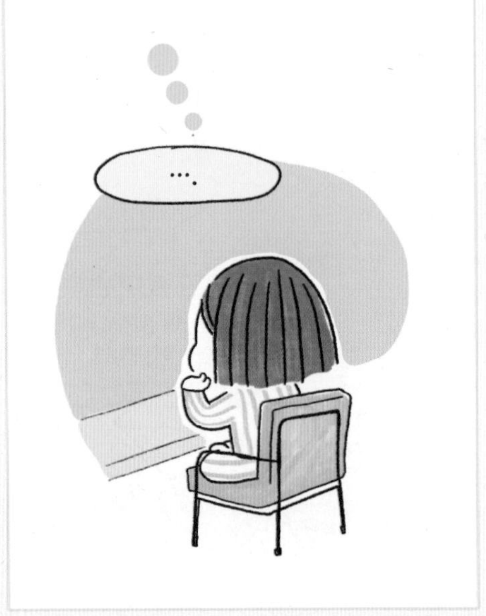

전기, 열, 운송 등 무려 전체의 73%가
에너지 관련이었다.

화석연료….

OIL

(*화석연료: 먼 옛날 지구상에 살았던 생물의 잔해에 의해 생성된 에너지 자원. 석유, 석탄, 천연가스가 있다.)

여태까지 내가 했던 것들은
뭐가 되는 거지? 나부랭이?
LESS
MEAT
......

비척
비척....
탁
탄소+1

탄소+1
(온수)

탄소+1
달달달....
탄소+1

내 일상에 단 '1분'도

에너지를 사용하지
않는 시간은

없었다.

알고보니 내 삶 자체가
탄소 배출이었다.

○ 너와 나의 연결고리 (2)

조금만 다 같이 배려하면
모두가 좋아질 수 있는데….
이때만 해도 나의
빅이슈는 쓰레기 문제였다.

LA-게티센터

산불 때문에 못 올 줄 알았는데
다행히 소강상태가 됐네.
응. 탄 자국이 아직도 보인다.

산불이 너무 크게 번져서
이 미술관도 홀랑 타버릴 뻔했다던데?
어떤 노부부는 도망도 못 가서
자기 앞마당 수영장에서 불타 죽었대.

어디서 봤는데 LA의 잦은
산불은 기후변화 때문이래.
오호…. 기후변화.

지구온난화랑 비슷한 말인가?
온실가스
뭐 그런 거
여튼 우리 오기 전에 불 꺼져서
진짜 다행이다-.
나 여기 기대 Top5였어.
어. 나도!

다큐 본 직후
내가 고기를 먹기 때문에
기후변화가 일어난다고?
...?

목초지를 위해 숲을 베는 것은
토양을 사막화시켜 산불을 일으킵니다.

화면 속 산불을 보니
LA의 다 타버렸던
그 산이 떠올랐다.

산불이 내 밥상 때문에 일어날 수도
있겠다는 생각이 들었다.

그런데 기후변화는 먼 산의
이야기가 아니었다.

시간이 흘러 2020년,
한반도에는 54일간 장마가 쏟아졌고

이 미친 날씨의 원인이 밥상이나
플라스틱에만 있지 않다는 걸 알아버렸다.

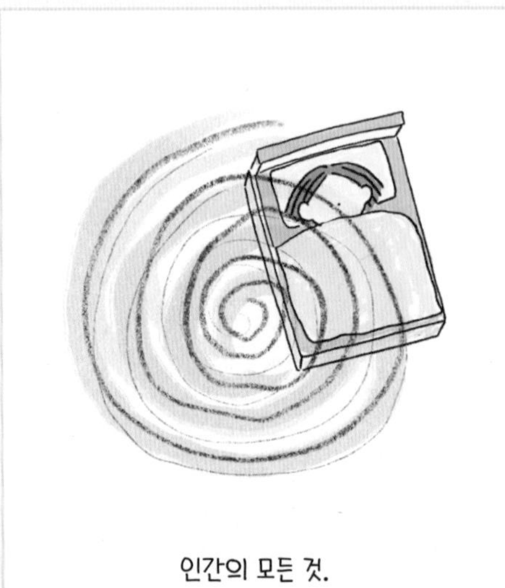

인간의 모든 것.

의, 식, 주 그리고 락(樂).

그리고 이 '유지 시스템'.

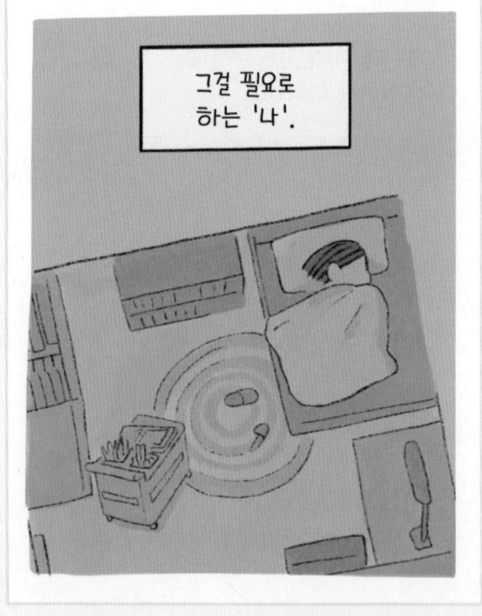

지구,
팟
환경.

그건 나에게 아름답게
보전해야 할 대상이었다.

쓰레기 OUT!
아름다운 자연은
지켜야 하니까!

이거지~
찰칵
동시에 자연은 나와는
'분리된' 대상이었다.

그러나 그것은
내가 서있는 땅이었고

난 명백한 가해자였다.

내 모든 일상이
지구를 망친다.

모든 것이 연결되어 있다.

○ 에너지는 어디서 오는가

흠!
머싯써 ~♡
에너지란 무엇일까?

고대 그리스어인 어원을 뜯어보면

en + Ergon

내재된 + 일

= 물체에 내재하여 있는 힘을 뜻한다.

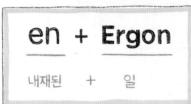

즉, 일을 할 수 있는 능력이다.
훅! 훅!
나도!

세상에는 여러 에너지가 있다.
빛 에너지
위치 에너지
??
우워어

그중 인류가 가장 많이 쓰는 형태인
'전기' 에너지에 대해 알아보자.
콰가가각
COFFEE

전기는 어디서 왔을까?
따라서 가보면

발전소에서 왔다!
화력 발전소
WOW

그럼 발전소에서 전기는 어떻게 만들까?

1. 연료를 태워 다량의 수증기를 만든다.

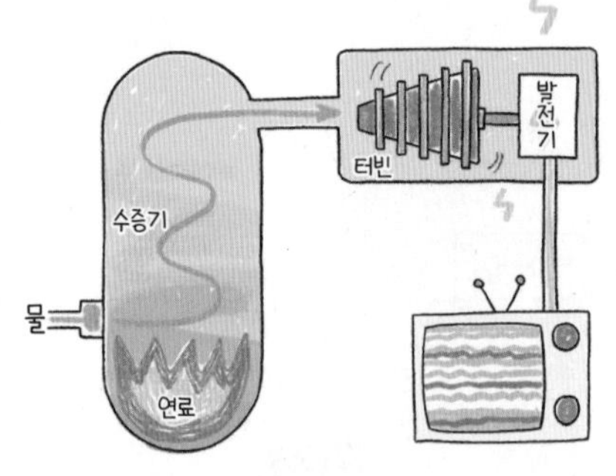

2. 수증기가 이동하면서 터빈을 돌린다.
터빈이 회전하며 전기를 만든다.

이때 사용되는 연료의 종류는
크게 다음과 같다.

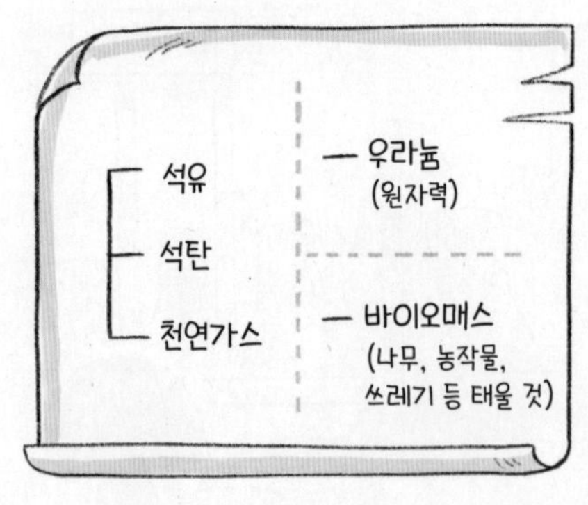

*참고로 재생에너지(바람, 수력)는
연료를 태우는 과정 없이 터빈을 돌린다.

그리고 이 중 가장 많이 쓰이는
연료는 화석연료다.

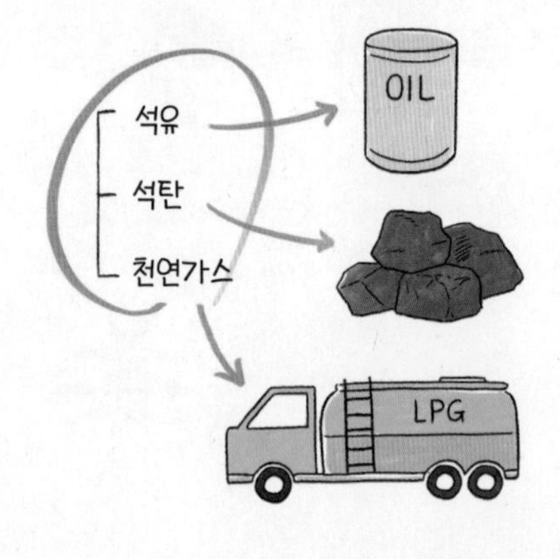

화석연료의 사용 비율은 다음과 같다.

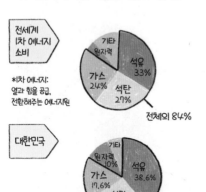

전세계 1차 에너지 소비

*1차 에너지: 열과 힘을 공급, 전환해주는 에너지원

기타
원자력
석유 33%
가스 24%
석탄 27%
전체의 84%

대한민국

기타
원자력 10%
석유 38.6%
가스 17.6%
석탄 27%
83.2%

(출처: e-나라지표 / Our world in data 2019)

왜 화석연료가 압도적일까?
다른 연료들보다 화력이 세기 때문이다.

매장되어 있는 걸 파서 쓰면 되기에
재생에너지보다 얻기도 쉽고, 과거엔
효율 대비 가장 저렴한 편이었다.

참고로 우리나라는 1차 에너지의
약 93%를 수입한다.
수입 시에는 주로 선박을 이용한다.

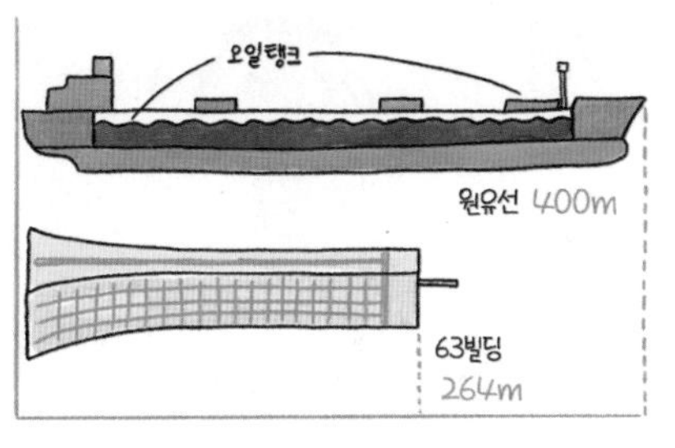

(출처: 통계청, 2019)

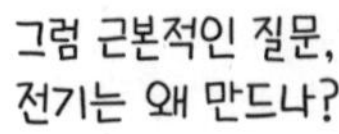

전기는 나 대신 일을 해주는 힘이다.

나는 여러 에너지의 도움으로
살아가고 있다.

사실은 도움을 넘어, 에너지 없이
내 삶은 돌아가지 않을 정도다.

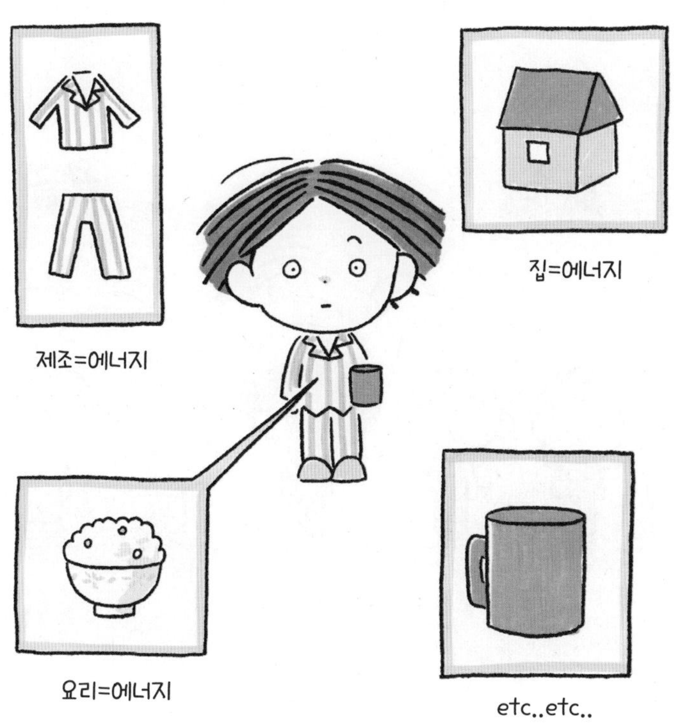

그리고 나 같은 사람이 80억 명이다.

'전기 절약!' 그런 건 경제적,
윤리적 차원의 이야기인 줄 알았는데

지금은 생존의 문제인 것을 깨닫는다.

이건 혼자 해결할 수 있는 문제가
절대 아닌 것 같다.

모두가 바뀌어야 하는 문제고

무엇보다도 체제가 바뀌어야 하는
문제이다.

○ 지구별 보고서

우우웅....

발표 준비되었나요?
넵!

지구가 종말로 향하는 이유는
인간의 화석연료 사용 때문이라고 했죠.
The EARTH
오늘은 '대한민국'에 대한
발표를 들을 차례네요.

짝
짝
짝
흠흠. 제가 발표할
나라인 대한민국은

동아시아의 한반도 남부에 자리한
인구수 약 5100만 명의 국가이며
면적은 약 1004만ha의
비교적 작은 나라이지만

GDP 세계 10위의 경제 강국이며
고유한 문화로 세계에 널리 알려졌습니다.
K-CULTURE

이 나라가 온실가스를 많이 내뿜는
주요국 중 하나라니 놀라울 따름이죠.
<온실가스 배출량 순위>
1위 중국
2위 미국
3위 인도
⋮
14위 대한민국
(출처: Climate Watch)

온실가스 배출 총량은 중국이나
미국에 비해선 훨씬 적지만

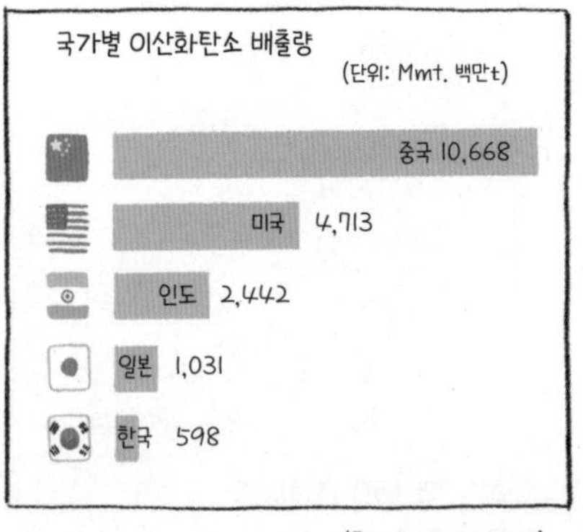

(출처: Statista, 2020)

한국의 산업용 전력 소비 증가율,
이산화탄소 배출 증가율은 다른 OECD
국가들보다 압도적으로 높습니다.

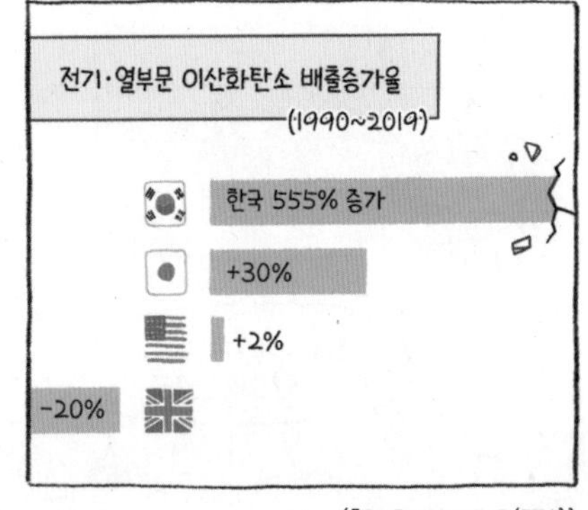

(출처: 국제에너지기구(IEA))

그들이 '기후악당'이라는 별명을
가진 이유입니다.

높은 배출량의 원인은 이 나라의
주력 산업이 제조업이기 때문입니다.
반도체/디스플레이
OIL
석유화학
철강, 건설업

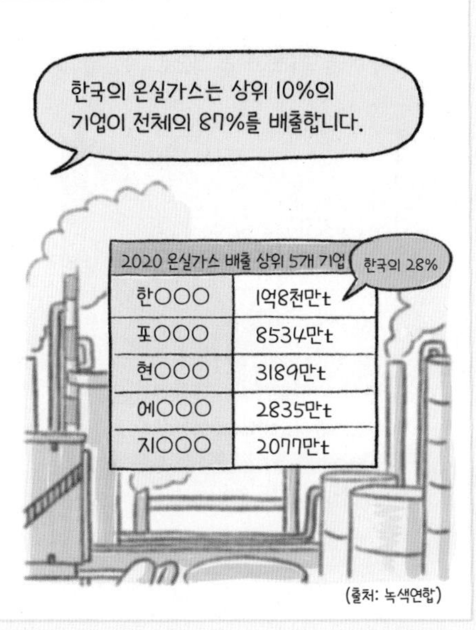

2020 온실가스 배출 상위 5개 기업	
한OOO	1억8천만t
포OOO	8534만t
현OOO	3189만t
에OOO	2835만t
지OOO	2077만t

에너지를 많이 쓰는 산업구조로 인해
다른 OECD 국가들의 추세와 다르게
여전히 재생에너지의 비중이 낮습니다.

에너지 93% 수입, 탄소 기반 경제구조….
이 나라는 새롭고 독립적인 산업 구축이
필요해보입니다.

다음은 기후변화 피해입니다.

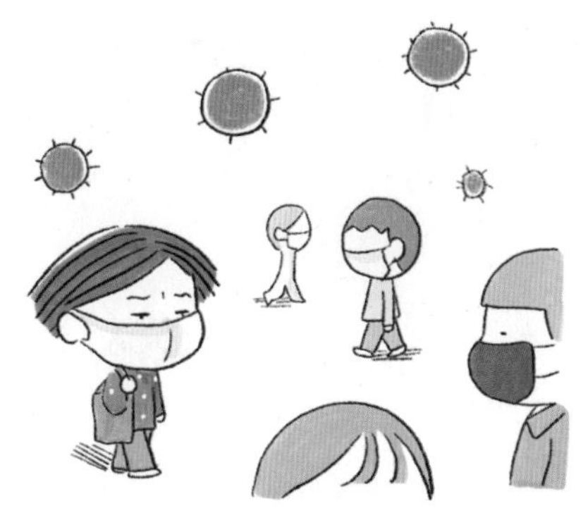

대한민국 역시 생태계 파괴로 인한
질병 코로나19를 피하지 못했습니다.

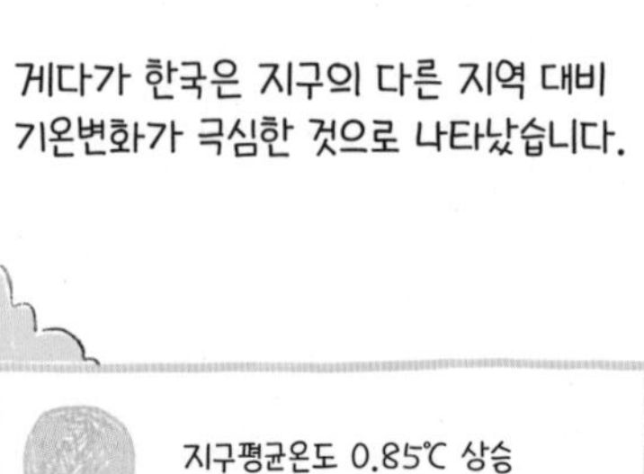
게다가 한국은 지구의 다른 지역 대비
기온변화가 극심한 것으로 나타났습니다.

지구평균온도 0.85℃ 상승
(1880~2012)
BUT 한국은 약 1.8℃ 상승(1912~2017)

그에 따른 피해가 클 것으로 예상됩니다.
2100년, 해운대 잠긴다(IPCC).
2100년, 한국 폭염일수 10일 -> 35.5일로 증가
(출처: 환경부)

이상, 발표를 마칩니다.
짝
짝
짝

발표 잘 들었습니다.

지구별이 이에 어떻게 대응하고 있는지 알아보고 마무리할게요.
CLIMATE ACTION

현재, 지구의 평균기온은
산업화 이전 대비 1.1℃ 상승했습니다.
1℃ 상승
1℃ 상승
으…. 왜 어지럽냐.

지구는 사람의 체온과 비슷해서

1.5~2℃ 상승하면 눕거나
약을 먹어야 하고

3℃ 이상 상승하면 사망에 이릅니다.

그래서 국가들은 연합을 맺어
기후변화에 대응하고 있습니다.

2015년, 파리에서 그들은
중요한 국제 협정을 맺었는데

국가들이 서로 돕고 노력하여
지구 평균기온 상승을 2℃보다
훨씬 낮은 수준에서 유지하고,
더 나아가 1.5℃ 상승까지
억제하자고 협의했습니다.

네
흐음...
그냥 화석연료를 사용하지 않으면
되잖아요? 참 단순한데 그걸 못하네요.

그러기엔 지구인들은 화석연료에
과하게 큰 의존을 하고 있습니다.
무엇보다도

화석연료는
그들에게 '이것'입니다.
"돈"
지구인들의 자본이죠.
선생님,
구려요.

지구의 국력은 곧 자본이고,
그들이 말하는 '발전'을 이루려면

...!!
CORN
POP CORN

지금 상식으로는
에너지를 사용해 물건을 만들고
사는 것 외에 방법이 없기 때문입니다.

여기에는 국가, 기업, 국민
모두가 연결되어 있답니다.

기후변화는 자연변화이기도 하지만,
사회적, 경제적 그리고 정치적 문제입니다.

인류의 산업활동이
최근 30년처럼 지속된다면

2100년, 지구는 지금보다
최대 섭씨 4℃ 더 상승할 수 있습니다.

(출처: 《2050 거주불능 지구》)

○ 힐링이라는 이름의 죽음

파삭
파삭
…힐링이 필요해.
쩌적

그래서 가게 된 식물원 카페
꺄아아앗
미역이 친구 만들어주자~
미역이 2세(피시본 선인장)

며칠 후
휘이잉
-10℃
꺄아아악

휘
이
잉
CAFE
흡
흐흡
저긴가봐

어서 오세요.
두둥
웬 정글이 있어.
주문부터…

카푸치노랑 아이스
아메리카노 한 잔씩 주세요.
30℃
헉 여긴
엄청 덥다….

이런 애들은
먼 나라에서 왔겠지?
크다.
색감이 외국이라고
주장하고 있어.
햐 …

포토 타임~
찰칵
찰칵
#힐링
#갬성

자연은
힐링이다
흐음….

맛있게 드세요~
매장 이용인데 일회용이네.

이렇게 많은 야자수를 유지하려면
난방을 온종일 돌리는 걸까?

힐링….
힐링이라….

한시라도 유지하지 못하면
모두가 죽는 아슬아슬한 힐링이다.

하
하
하하
다들 즐거워 보이네.

나만 이런 불편한 생각을 하나?

나도 그냥 즐겁고 싶다.

지구의 변화를 모르는
사람은 이제 없을 것이다.

지구온난화 현상은 19세기에 관측됐고,
이후 수없이 경고되었다.
그러나 사람들은 별로 바뀌지 않았다.

오히려 사태는 훨씬 심각해졌다.

이 사태는 마치 인스턴트 음식 같다.

머리는 해로운 걸 아는데
너무 맛있고 편리하다.

이미 익숙해진 이대로가 좋다.
누가 좋은 걸 두고 변하고 싶을까?

그렇게 사람들은 인스턴트 음식 같은
죽음의 길을 택하고 있다.

그러나 죽음…?
나와는 너무 먼 이야기 같다.

지구보다 내 앞에 닥친
눈앞의 미래가 걱정된다.

날씨가 너무 더워지니까
관심을 가지게 된 건데

인류의 존망이니, 에너지의 전환이니
나에게는 너무 버거운 이야기이다.

나는 너무나도 작아.

사회는 변하고 있지만,

끊임없이 원하는 인간이 있다면

죽음은 가속화된다.

인간이 욕심을 줄이지 않는 한
죽음은 계속된다.

2부
공존의 삶을 위하여

○ 게임 유토피아

세상 편안한 분위기의 '무인도'로 말이다.
!

섬에는 동물 이웃들도 있는데(같이 이민 옴)
여어, 꿍스* 바쁘냐?
*꿍스: 게임 속 이름

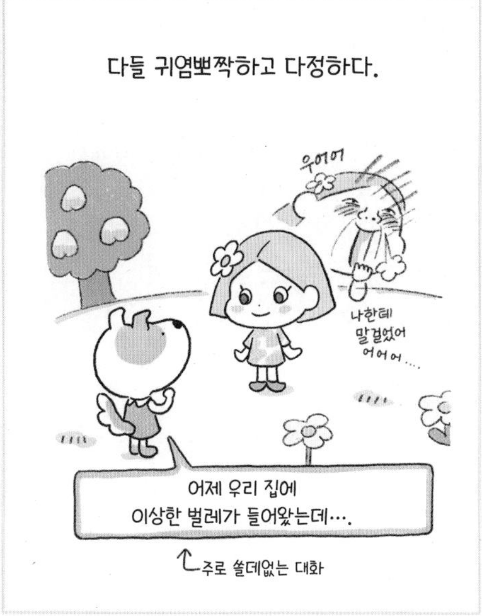
다들 귀염뽀짝하고 다정하다.
우어어
나한테
말걸었어
어어어….
어제 우리 집에
이상한 벌레가 들어왔는데….
주로 쓸데없는 대화

게임에서 내가 할 일은
이 섬을 꾸미는 것이다.
일단 내 집
마련부터-!

집을 짓는 데 필요한 돈은 과일 따기,
물고기 잡기 등으로 마련한다.

$+1
$+1
수렵이 너무
쉬우므로
돈 벌 걱정은
No no

꿈의 자가!
현실에서 절대 못 할 큐티 곤듀 인테리어

집 이외에도 섬을 가꿀 수 있는데

박물관 공사 중

여기는 물길을 만들자!

동물 친구들에게 칭찬도 듣는다.
꿍스 덕에 마을이 더 좋아졌어!
짝
짝 짝

아아…. 아름다운 나의 마을.
귀엽고 소중한 이웃들!

이것은 자랑해야만 해!!
벌떡

세상 사람들아!
드르륵
나의 마을을 봐…!

쾅
쾅
빵_
빵

현실아 ---- 제발….
나 눈감아.

촤악

이 게임처럼 단순한 삶을 살만한 곳은 없을까?

열심히 일해서 집도 사고

세상에 기여도 하고

HAHAHOHO
다 같이 욕심 없이 평화롭게
사는 삶 어디 없냐고!!!

집 대출을
모두 갚았어!
생선으로 집을 마련…?
응. 없어.
뚝

세상에 기여? 사실은 내 마음대로
생태계를 주물럭거리는 섬.

다 같이 사는 삶?
옷을 입은 동물들과 사는 섬.

이 섬. 뭔가 좀 섬뜩하다.

나만이 섬을 개조하는
유일한 존재이자 '인간'이다.

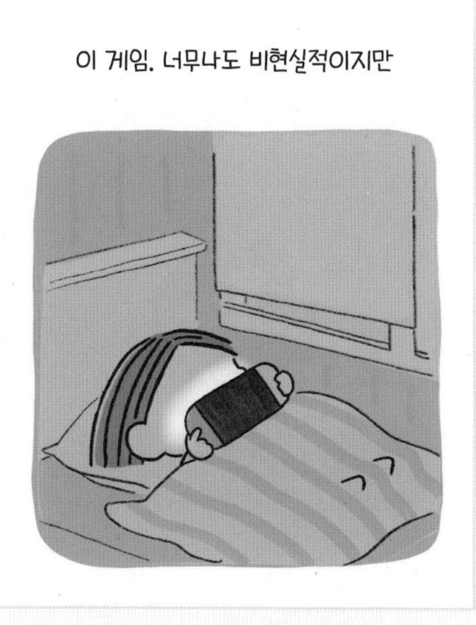

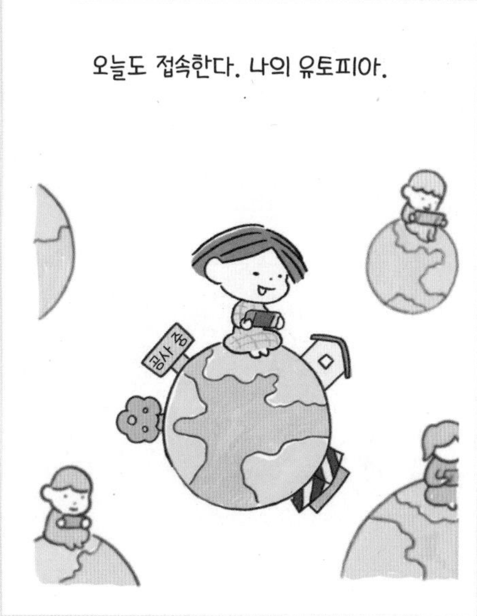

오늘도 접속한다. 나의 유토피아.
공사 중

집 대출 상환은 이걸로….

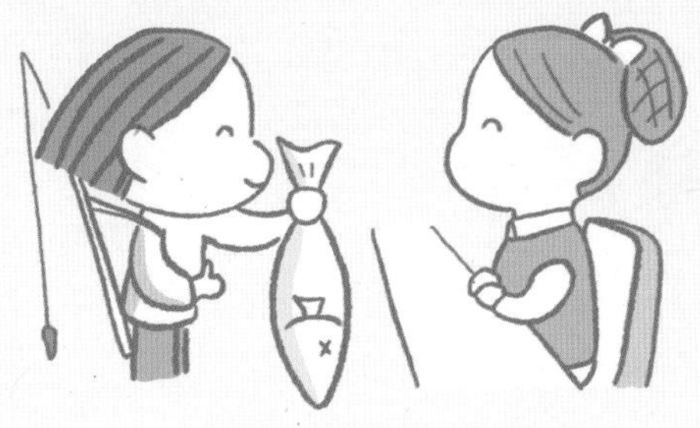

미쳤습니까, 휴먼?

○ 노동과 지구의 상관관계 (1)

나는 예술 디자인 관련 전공자이다.

반에 한 명쯤 있는 그림쟁이, 그게 나였다.
피○츄 그려줘!
난 또가○
인생 최고 인기

어린 시절 가장 좋아하던 작가는
타샤 튜더였다.
TASHA
TUDOR

타샤 튜더(1915~2008)
동화책 작가, 일러스트레이터

그림을 비롯해
직접 설계한 집과 손수 가꾼 정원,

부지런하고 소박한 삶의
방식으로 많이 알려진 분이다.

아무도 해치지 않고 그림 그리는 삶….
나도 그렇게 살고 싶다!
(돈도 적당히 벌고!)

그렇게 추상적인 꿈을 가지고
미대에 갔더란다.

그렇게 미친 속도로 세월은 흘렀고

슬슬 진로를 걱정하게 되었다.

과 특성상 많은 동기들이 패션 회사를 지망했다.

-패션 회사 클리셰 시작-

나는 패션 분야에 열정이 넘치는 사람은 아니었는데

어쨌든 시각에 예민한지라 어느새 세련된 패션 업계를 선망하게 되었다.

모든 분야 중 유행이 가장
빨리 시작되는 곳이라고 하지 않는가!

패션의 세계는 과연 화려했다.

이런 건 분명 내 스타일이 아니었는데
번뜩거리는 회사를 보면 없던 열정도
생겨났다.

WOW
← 누구세요?
저는 패션에 정말 관심 많은 사람으로서…! 우물

어찌어찌해서 패션 회사에서
인턴으로 일하게 되었는데

구희씨~
○○백화점에서
시장조사
해와요.
네넵!
뻣뻣

찰칵
시장조사
시장조사라….
타각
TREND
타각

조사….
그게 요즘
제일 잘나가
또 조사…!
DAZE

언제까지 조사를?!
너무 많이 봄
우웩…
디자인은 언제 할 수 있나?

뭐어? 디자인?
KASS
동종업계
언니
그건 10년 경력자도 하기 힘든 거야.

하게 되어도 구희 씨의
디자인이랄 건 없을걸?
팩폭
개인 브랜드를
차리든가.
크흡
역시…
순진했던 나의 과거

디자인은 이미 차고 넘치잖아.
푸쉬쉬…
이 시대에 필요한 건 디자인보다도…
흐름을 빠르게 읽는 능력인 거 같아.

결국 장땡인 건
'잘 팔리는' 거니까.
자 건배!

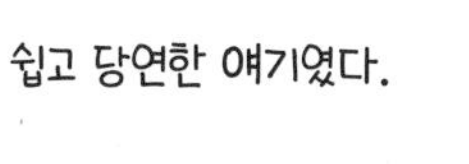
쉽고 당연한 얘기였다.

쿠 궁
속마음
그런데 그 당시 나에게는
충격적인 이야기였다.

그렇다. 그곳은 전쟁터였다.

빨리 그리고 많이 팔기 위한 싸움.

화려하고 '힙'하기 위한 경쟁

그걸 바라보는 나.

내 일은 무엇을 위한 일인가?

아름다운 것을 추구하며
내가 그림을 그린 것은 결국

물건들을 찍어내기 위함이었나?

○ 노동과 지구의 상관관계 (2)

올해의 컬러는 어떻게 정해지는 걸까?
Gaemsung Blue

컬러가 발표되면 많은 디자인 관련
회사들이 참고하여 상품들을 내놓는다.
Gaemsung Blue

그런데 올해의 컬러가 왜 필요한 걸까?
유행을 만들어내기 위함일까?

꼭 내가 좋아하는
색깔이 유행이
되더라?
기분 탓이 아님.

SPA 브랜드를 가면 시즌당 컬렉션 수가
정말 어마무시하다.

네 마음에 드는 거
하나는 있겠지! 전법

그런데 한두 달 후 별안간
그 시리즈가 싹-악 사라진다.

진열도 싹 바뀜
오잉?
같은
매장?

옷들의 행방은 나중에 알게 되었다.
팔리지 못한 옷들은 모두 처분된다.

(출처: 다큐 <옷을 위한 지구는 없다>)

중고로 다시 유통되는 옷은 5%.
95%는 외국으로 수출(처분)된다.

버려진 옷들도 '몇 개월' 전에는
선망의 대상이었다.

그런데 버려진다.

그 옷들은 과연 선망의 대상이
될 만한 것이었을까?

누군가 그랬다. 거대한 자본으로
광고를 찍어 설득하는데,
누군들 선망하지 않겠냐고.

나는 도저히 그들에게 속할 수 없었다.

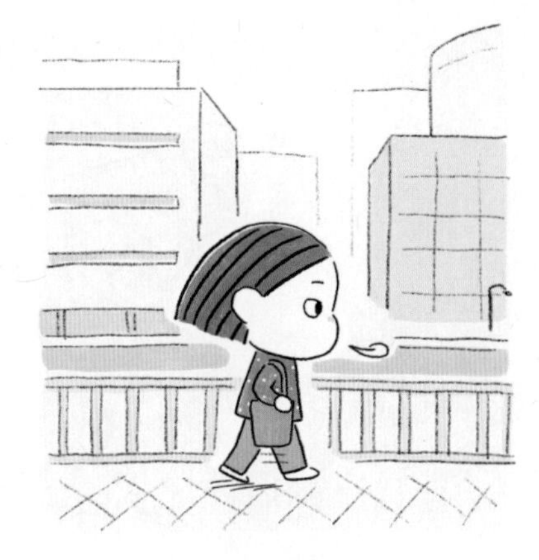

그러나 다른 일들도 마찬가지였다.
결국은 물건을 계속 생산하고 소비하고
버리기 위한 일이었다.

나는 시각적인 것에 약하다.
예쁘고 아름다운 것이 좋다.

그런데 알고 보니 예술과 디자인의 쓸모는
물건을 돋보이게 하고
지갑을 열게 하는 것이었다.

나의 노동은 그야말로 물건의
무한증식운동에 기여하는 일이었다.

물건을 사고파는 건 필요한 일이지만
이건 비정상적으로 빠르고 많고 소모적이야.

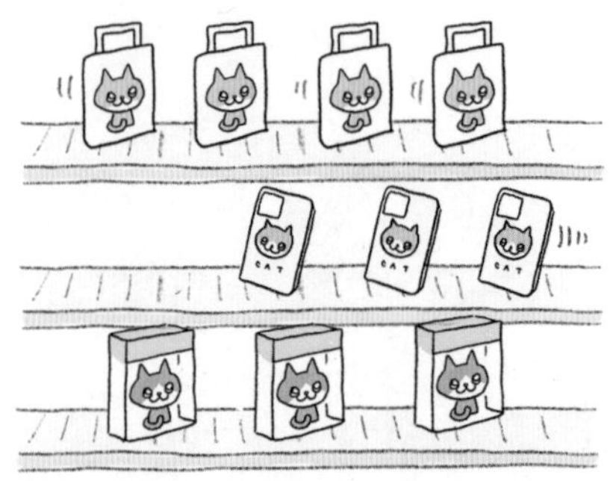

그런데 더 슬픈 건, 홀로 서려고 해도

사람들이 하는 대로 하지 않으면
도저히 살아남을 수 없어 보였다.

쓰레기를 만들지 않고는,
탄소를 배출하지 않고는
살아갈 수 있는 선택권 자체가 없다.

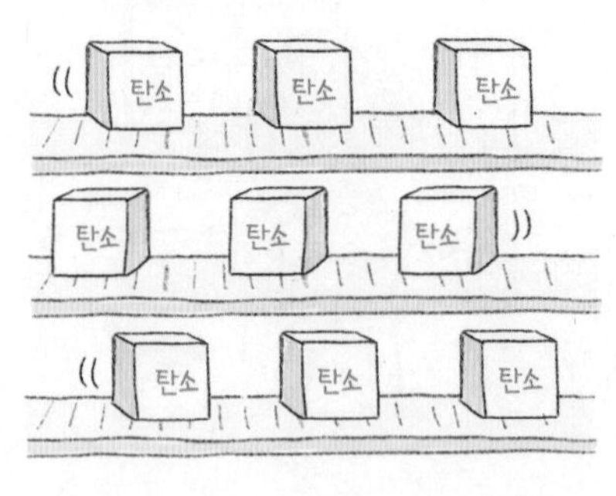

세상은 어쩌다 이렇게 되었을까?
언제부터 우리의 삶은
지속불가능한 것으로 채워졌을까?

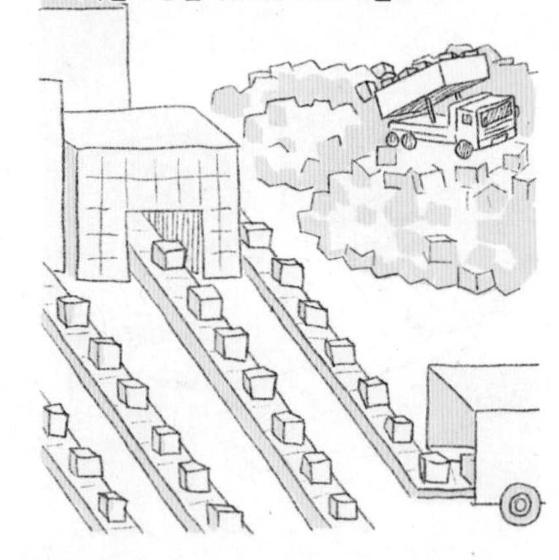

무언가를 해치지 않고는
살아갈 길이 없다.

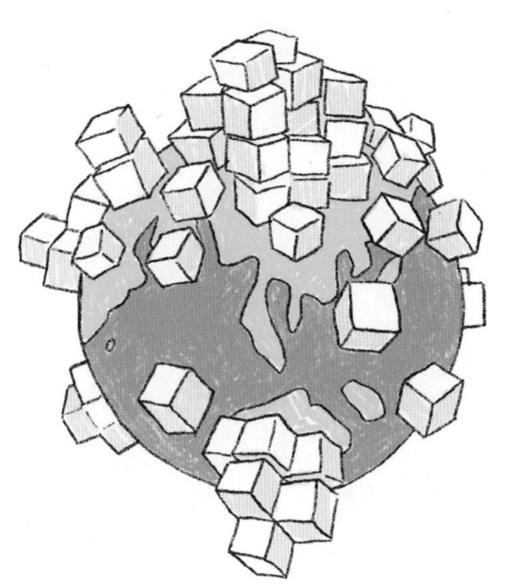

○ 노동과 지구의 상관관계 (3)

때는 18세기, 영국.

길었던 농업사회를 끝내버린
사건이 일어났으니!
비-켜-엇
히잉!

바로 산업혁명이다.
제임스 와트
(1736~1819)
내가 개량한 이 기계는 세상을 바꿀 거요!

증기기관은 당시 주력 산업이었던 방적,
제철 산업의 생산 효율을 수백 배 증가시켰다.

그러자 사람들은 증기기관의
'연료' 확보에 혈안이 되었고

곧 석탄과 석유를 산업적인 규모로
캐기 시작했다(인류 역사 최초).

(미국 펜실베이니아, 1859)

증기기관과 화석연료 덕에 인간은 갑자기
모든 것을 쥐락펴락할 수 있게 되었다.
바다를 마음껏 횡단하기 시작했고

10분 만에 1t의 식량을 수확하게 되었으며

석유화학의 발달로 온갖 물건을
만들 수 있게 되었다. 그것도 아주 싸게.

석유는 그야말로 '검은 금'이었다.

자본을 축적할 수 있는 시대가 도래했다.

곧 석유를 중심으로 도시가 건설되었다.

사람들은 일거리를 위해 도시로 몰려들었다.

도시는 요새가 되었다.

뭔가를 자꾸 만들어내는 요새.

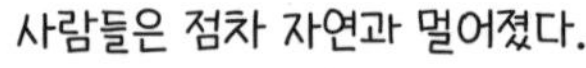

자연에 의존하지 않아도 먹을 것과
입을 것이 해결되었기 때문이다.

생존 문제가 해결된 인간은 만드는
행위(자본 축적)에 집중하기 시작했다.

자연과 멀어진 인간은
자신들의 생산활동이 어떤 대가를
치르는지 모르게 되었다.

이제 '생산'은 생존과
연결되지 않는다.

필요에 의해서가 아니라
더 많이 가지기 위해 만든다.

필요한 것이 충분히 갖춰졌음에도
인간의 욕망은 끊이지 않았다.

더 빨리, 더 많은 것을 바라기 시작했다.

욕망에 따라 사회는 더 빨리, 더 많이
생산했다. 욕망과 탄소 배출량은 비례했다.

수단을 가리지 않는 욕망은
자연을 고갈시켰다.

더 빨리, 더 많이, 더 풍요롭게!

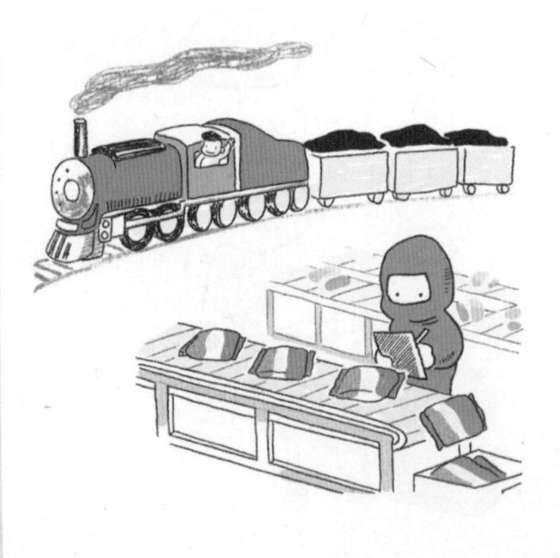

더 '잘' 살아보려는 우리 인간들의
오랜 욕망은 어쩌면

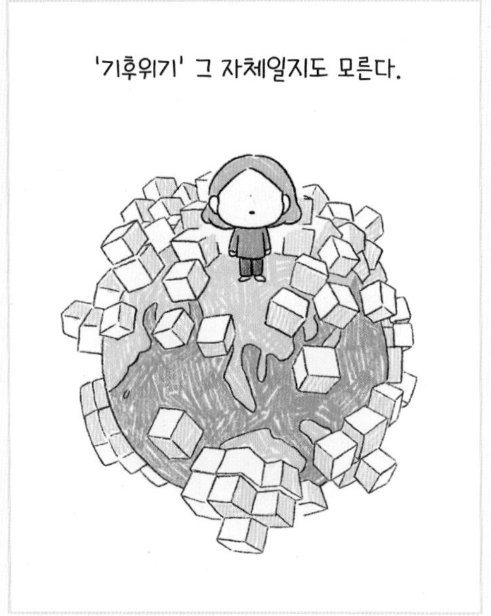

"세계를 지배하는 신이 있다면 그건
성장일 거예요. 한계가 없는 성장을
기반으로 하는 세계 성장."

-다큐 <이것이 모든 것을 바꾼다> 중

○ 나는 살아있다 (1)

혹시 당신의 삶이 수렁에 빠졌다는
생각을 해본 적이 있으신가요?

지금 이 인간이 그런 생각을 했답니다.

지금 바깥세상은 한창 바쁘겠지요?
커튼 열기가 싫어지네요.

그냥 아무거나 먹자.
후루룹 —

느어어어어어엉
야~
다 먹었으면
치워야지.
비척
비척

털썩

얼른 하루를 시작해야 하는데
세수는커녕 몸을 일으키기도 힘드네요.
어제도 버렸는데 하루쯤
더 버려도 괜찮지 않을까?
하….
푹신해.

식후 꿀 같은 스마트폰 타임~

SNS에는 잘 들어가지 않아요.
부지런한 사람, 잘난 사람들이
날 불안하게 하거든요.

대신 유X브를 들어갑니다.
그리고 최대한 편한 영상을 봅니다.

스트레스받지 않게요.

최근 몇 달, 나는 이렇게
마음 가는 대로 살고 있습니다.

그냥 이렇게 모른 척,
숨죽이는 게 나를 편하게 합니다.

하지만 고통의 시간은 찾아옵니다.

그 화면을 꺼야 할 때죠.

숨겨져 있던 생각들이 쏟아져 들어옵니다.

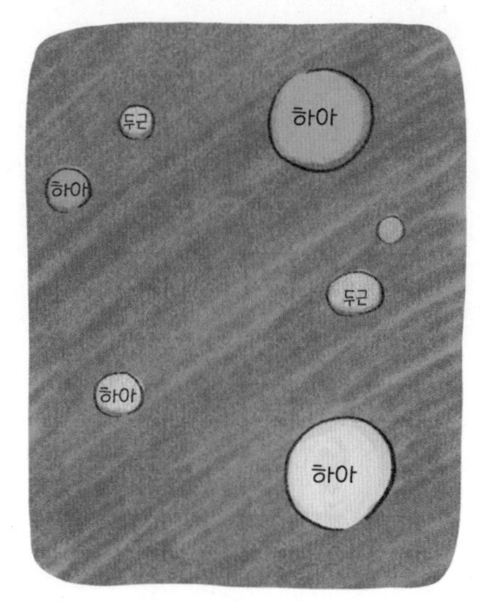

그때 문득, 내 몸이 위아래로 크게
들썩이는 것이 느껴졌습니다.

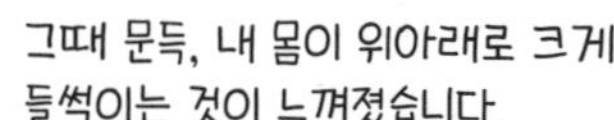

적막 속이라 내가 너무 잘 느껴졌습니다.

너무 놀라웠습니다.
여러분, 저는 살아있었습니다!

세상을 향한 눈을 감아버리고,

스스로 숨죽이던 그 모든 시간 동안에도

그게 더 편했으니까요.

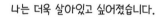

나는 더욱 살아있고 싶어졌습니다.

적어도 살아있는 나 자신을
속이는 삶은 살고 싶지 않아졌습니다.

○ 나는 살아있다 (2)

또도독
톡
무기력증 원인
& 극복방법

무기력증이란 무엇일까요?
온몸에 피로감이 오며 간단한 일도
집중하기 힘들어하는 상태를 말합니다.
헐
완전
나네..

이 증상은 자신이 감당할 수 없는 것을
마주했을 때 발생하거나 혹은,
자신에게 너무 많은 것을 바랄 때도 발생합니다.
그래서 '할 수 있는 것'조차 포기하게 됩니다.

돌이켜 생각해보면, 내가 회피했던 건
나의 나약함이었다.

문제 앞에서 내가 할 수 있는 건
거의 없어 보였다. '회피'는 내게 있어
가장 쉬운 해결 방법이었다.

그러나 '아무것도 하지 않음'이
나를 죽이고 있었다.

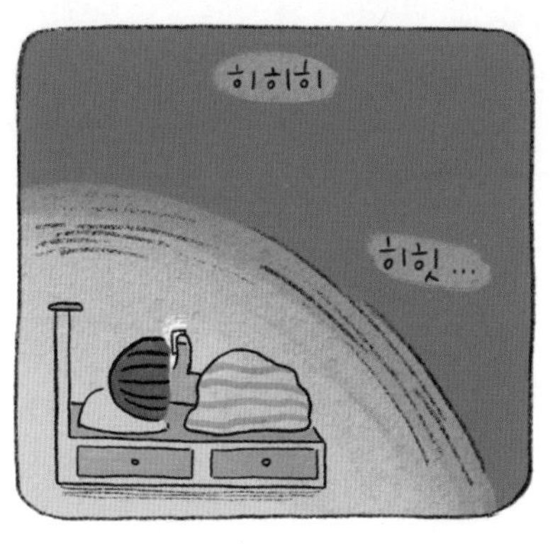

어떻게 보면 무기력은
자기기만이나 다름없다.

자아, 그렇다면 무기력증은
어떻게 극복하면 좋을까요?

먼저 '작은 것'부터 시작하세요.
주변에서 할 수 있는 아주 쉬운 일부터요.

①
일어나서 침구를 깨끗하게 개고,
②
세수하고 양치하기!
③
보세요, 당신은 벌써 3가지 일이나 했어요.

차근차근 당신이 할 수 있는 것을 하세요.
그럼 어느 순간, 당신은 무기력에서
벗어나 있을 것입니다.
!

이 얼마만의
또렷한
정신인가?
드륵

기후변화
취업난
혐오 범죄
성 불평등
우웩!
세상은 항상 빠르게 나를 앞지른다.
내 맘대로 안 된다. 겁난다. 버겁다.

하지만 그 사실이
'난 아무것도 못 한다'를 뜻하지는 않는다.

작은 것이라도 시작하자.

내가 살아있음을 배신하지 말자.

기후위기 앞에서 난 매번 좌절한다.
너무 크고 복잡한 담론이기 때문이다.
하지만….

그게 내가 아무것도 못 한다는 의미는 아니다.

작은 것을 하자.

나를 위해
vegan
Basil
무엇이든 좋으니 매일 작은 것을 하자.

때론 행복으로, 때론 슬픔으로 삶을 채우자.

나는 살아있다!

O Special Episode. 나의 궁상 절약 이야기

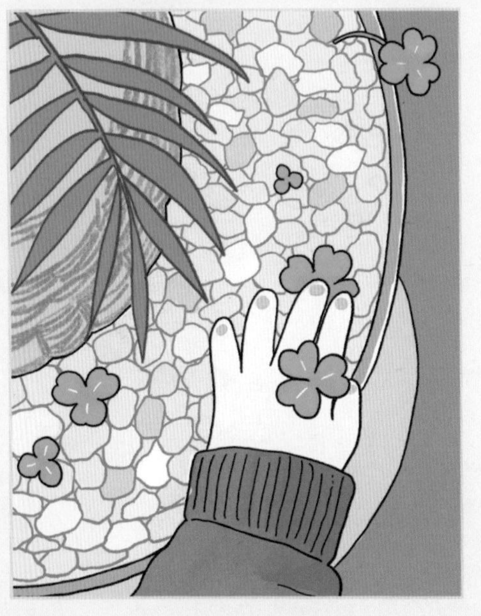

먼저 제 방부터 둘러보며 시작할까요?

제 방에는 재활용품들이 좀 있는데요.

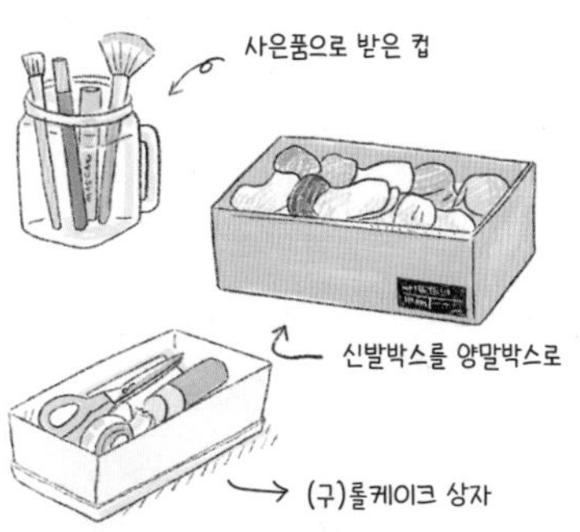

물건을 포장했었던 상자나 컵 등을 활용해
되도록 새로운 '케이스'는 사지 않습니다.

여기는 창고인데요!
이렇게 구석에 택배 상자를 모아요.

상자 새로 사려면 500원이라고요.
뽁뽁이도 차곡차곡 모았어요.
제 재산이죠.
후후...
MOM
이그.... 좀 버려라!

뽁뽁이 외에 지퍼백이나 비닐도 재사용할 때가 있어요. 씻어서 말려둡니다.

다음은 주방으로!
우리 집은 키친타월을 몇 번씩 씁니다.
비싸기도 하고요, 아껴야죠.

두 번째 쓸 때는 더러운
프라이팬, 기름 닦을 때 사용해요.

더 좋은 방법은 휴지나 비닐을 되도록 안 쓰는 것이겠죠.

나물을 무칠 때도
비닐장갑 안 써요.
(어떤 분들은 다회용
라텍스 장갑을 쓰시더라고요.)
챙가루
휴지 대신 행주를 이용하고요!

생각보다 줄일 수 있는 곳이 많아요.

자. 이번엔 음식물 절약이에요.
전 사실 '잔반처리반'을 맡고 있습니다.
드루와~!
가족이 남긴 밥
어제 남은 것
마치 텔레토X 청소기..
(최애였음)

음쓰도 안 나오고, 식비도 아끼고
배달 쓰레기도 안 나오죠.
굿!
구희야....
절 동정하지 마세요, 어머니.
좋아서-하는-겁니다.

*충동적 배달 주문 방지를 위한 꿀팁!

간단한 요깃거리(건강식이면 더 Good)를 일주일 단위로 미리 준비하면 먹기도 간편하고 음식물 낭비를 줄일 수 있어요.

후후...
소분해둔 밥
고구마, 감자, 옥수수
요샌 밀프렙이라는 것도 많이 만드시더라고요.

자, 이번엔 각종 관리비 아끼기입니다.
이왕 깐 거
더 까자.
그만…
먼저 수도세!

샤워! 샤워는 저에게 게임입니다.
10분 안에 모든 것을 끝내는 게임이죠.
*미화된 이미지
머리 적시기
약 1분 30초
샴푸질 빡세게
3분 (물 끄기)
린스는
일주일에
1회만 등등

노래를 부르고 싶은 날이면
2배속으로 불러~~
랄라라라랄라
얄라리얄
믿거나 말거나….

물을 절약하는 확실한 방법은 따로 있죠.
바로 안 씻는
삐—

자 이번엔 전기세입니다. 저는 또 여기에서 담당이 있습니다. '스위치 끄기 담당'

여기 왜 켜놨어.
탁
탁
하나만 켜욧!
탁
HA HA HA

아침~낮에는 최대한 자연광을 이용해서 전기를 아껴요(오후 3시~5시까지).
노릇
노릇
사소하지만 저의 힐링 시간이에요.

엘리베이터 이용도 전기죠. 되도록 계단을 이용합니다.
9F

헬스장도 좋지만 이런 틈새 다이어트! 돈도 전기도 들지 않죠.
무이자 할부 월 0원!
올여름 계단 운동 패키지
사은품 매끈한 허벅지

탄소 배출도 줄이면서 건강까지!

마지막으로 냉난방비도 아껴봅니다.
저는 에어컨을 3년째 안 틀고 있어요.
흐읍…

(전기 절약도 좋지만, 극단적인 냉방이
건강에도 안 좋은 것 같아서요.)

온전히 저 스스로 더위를 이겨내는 것이
은근히 쾌락적이랍니다? 호호호호

뭐든 극단적인 건 안 좋으니. 냉난방은 적당히!
(환경부 권고 실내온도: 여름 25~28℃ / 겨울 18~20℃)

어땠나요? 저의 궁상 스토리.
말이 참 많죠? 하하하….

언젠간 '플렉스', '욜로'가 멋진 세상이 아닌,
자원을 아끼고 궁상떠는 게(=알뜰한 게)
트렌드인 세상이 오면 좋겠어요.

하.하.하
우와 저 선배
알뜰하다!
멋지다.
안 씻었나? ←이건 아냐.

궁상맞아 보여도 절약은, 조금이나마
나은 세상을 위한 거니까요.

저도 아직은 멀었지만요.

그래도 우리 한번 해봐요.
재밌어요.

○ 도시 농부 도전기 (1)

자연식물식 멤버의 추천으로
나 주말농장 하는데 너도 올래?
팔랑

도시 농부에 도전하게 되었다.
두
웅
'구희'
농사 레벨: 0
농사 지식: 0
특이사항:
선인장 죽인
경험 있음

'왜 하필 도시 농부?'라고 하면
제로 웨이스트 측면에서 도전했다.

배달식이건 가정식이건 끼니마다 무더기로
나오는 쓰레기에 질려가고 있었기 때문이다.

그리고 내게는 예전부터
'자급자족'을 향한 로망이 있었다.
너는 자연인이다
오.

스스로 끼니를
해결하다니...!
멋있잖아...!

그래, 나도
자급자족
라이프!
해보자 농사!
벌떡
맥락이 좀 널뛰는 편

그렇게 농사 첫날.
서울 변두리에 산이
이렇게 많았다니.
헥
헥
?

오, 저기구만.

안녕하세요, 여러분! 오늘은 기다리던
파종일*입니다. 땅 고르기부터 시작할게요.
*파종일: 씨앗을 심는 날
스태프
네!

여기가 내 고랑이 될 곳이군!
주말농장
KOO

스윽…

삽질을 하시기 바랍니다.
쿠구구
아, 넵.
^^
*어조에 왜곡이 있을 수 있습니다.

인생 첫 농사이자 첫 삽질
퍼억
흐랍

우오오!!
저 파란 땡땡이 입은 분 보면서 하면 돼요.
네~

KOO
반-듯
여러분 다 하셨으면
모종 가져가세요~

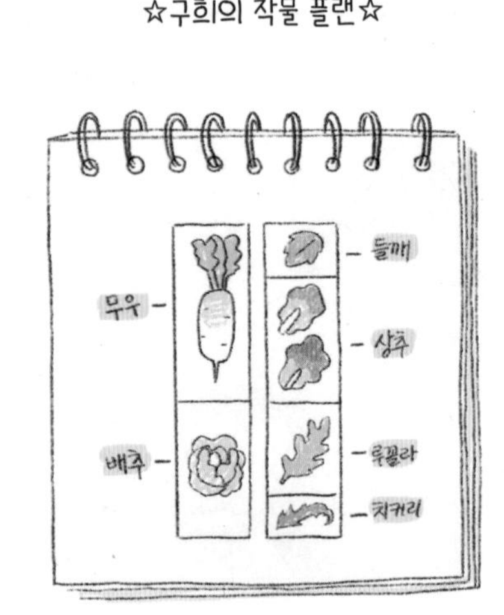
☆구희의 작물 플랜☆
무우
배추
들깨
상추
루꼴라
치커리

저희 농장은 유기농을 지향해서
최소한의 잡초, 벌레 제거만
하면서 농사를 지을 거예요.

일반적인 농사에서는 단일 경작을 위해
다량의 비료와 농약을 쓰는데요.
이것들은 모두 석유로 만들어집니다.
환경오염은 물론
탄소 배출까지.
아니, 석유 또 너냐?

또한 농기계들도 탄소를 배출하며

온실 작물의 경우는
온종일 냉난방이 돌아가죠.

이렇듯 현대식 농업(기업식)은 엄청난 양의
탄소를 배출한답니다.
(농·임업은 전체 온실가스 총량의 18.4% 정도)

비록 여긴 작은 농장이긴 하지만 저희는
지구와 땅에 건강한 농사를 지으려 합니다.

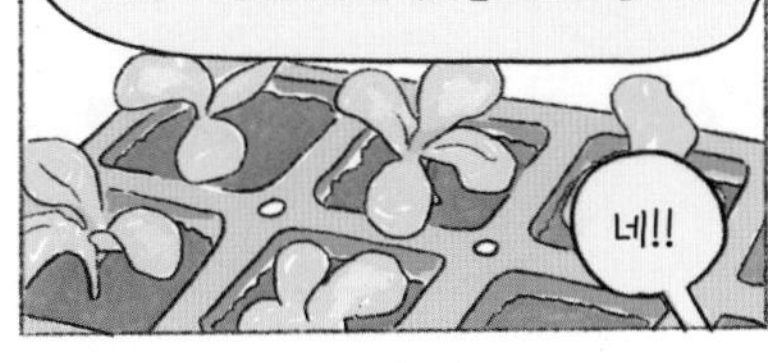

손으로 구멍을 조그맣게 내고,

모종을 넣은 다음 흙을 적당히 덮는다.

이렇게만 하면 자란다고요? 너무 쉬운데요?
쵸
쵸
춉

A FEW
MOMENTS LATER
크아악
허벅지... 허벅지가 터져 버린다아아앗!

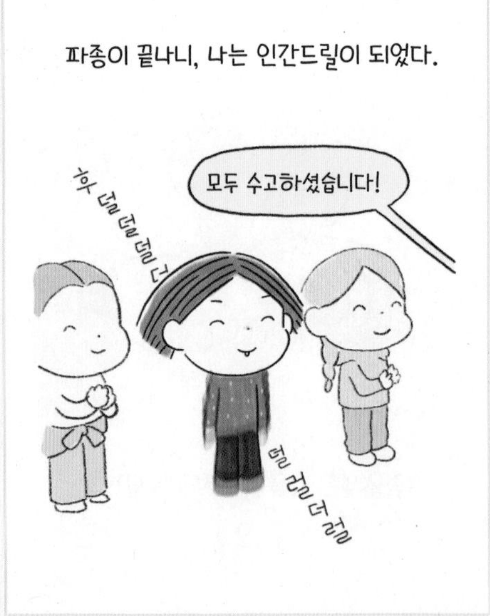
파종이 끝나니, 나는 인간드릴이 되었다.
모두 수고하셨습니다!
후 덜덜덜덜 더
덜 덜 더 덜

농사, 역시 쉽지 않았다.
KOO
농사라기에도 민망한
조그만 고랑 2개였는데.

기계를 안 쓰면 농사는 더 힘들겠지.
비료도 안 쓴다는데, 괜찮을까?

아무것도 없이 뭐가 제대로 자라긴 할까?

스치는 여러 염려 속에. 계속.
맴 — 맴 —
BUS
후덜덜덜덜덜덜
덜덜덜덜덜

핵꿀잠
z z z

○ 도시 농부 도전기 (2)

모종 심고 2주 후.
1주차
첫 주가 힘든 거였다.
유기농이라 잡초
뽑아주는 것 외에는
할 일이 없다.
2주차
뽑은 잡초를
작물 주변에 덮는다.
(또 자라지 않게)

엽채소는 벌써 무럭무럭 자랐다.
와 ♡

쌈채소는 이제 매주 뜯어도 됩니다~
네~

태양 아래 자연은 눈부시게 섬세하다.

근데 겁나 씩씩해.
무럭!
헉

이게 얼마 만일까?
정말 오랜만에 땅을 만져봐.

그러고 보니 난 365일
콘크리트 위에서 살고 있었구나.

흙을 만지니 들풀과 벌레 관찰하기를
좋아했던 어린 시절이 떠올랐다.
그때 놀았던 한 줌의 공간마저
시멘트로 막혀버렸지만….

흙, 햇빛, 땅만으로 생명이 자란다.
그야말로 놀라운 마법이다.
너희들 다
어디에 있었니?

농작물이 촉촉해지니
내 마음도 촉촉해지는구나.

그리고 2개월 후
꿀꺽...
무와 배추를 수확하는 날이 왔다.

진짜? 그냥 이렇게 뽑으면 된다고요?
우득
네-, 그냥 훅 뽑으세요.
생각보다 많이 돌출되어 있음

뿌드득
헉
듬-직
너, 금방이라도 소리칠 거 같다.
맨드레이크처럼
너무 커서 왠지 무섭

첫서리가 내린 날,
주말농장은 쫑파티를 했다.

이웃분이
포도 농장 하셔서
가져오심
이웃 고랑님이
만든 적무 라페
비건 와인&견과

농사 내년에도 지으려고요~
적무가 직접 기르니
더 붉은색이 나요!
포도 더 드실래요?
아아, 좋다.
이런 분위기~
heal~

도시 농부 여러분, 수확 어떠셨나요?
좋았어요~
신기했어요~
보람 가득!
허리 아파요!

우리가 심었던 것들이 풍성하게
돌아온 게 신기하죠. 땅은 이렇게
우리를 먹여 살려왔어요.
그런데 '땅'은 알면 알수록
더 엄청난 일을 하는 존재예요.

식물이 광합성을 통해 탄소를 흡수한다는 사실은 잘 알려졌지요. 그런데

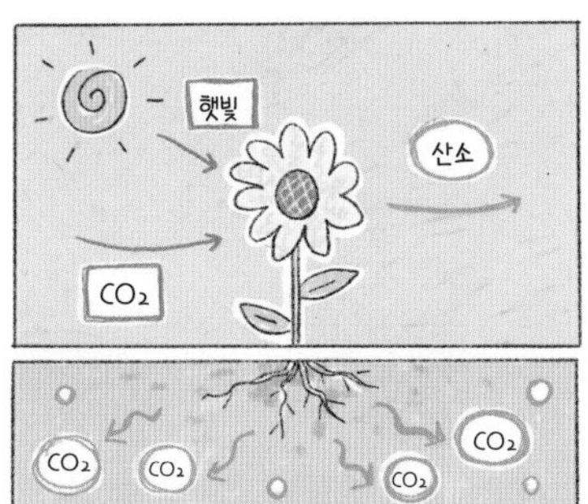

건강한 땅은 그보다 더 많은 탄소를 흡수합니다.
(식물+공기 대비 흙은 3배 이상의 탄소를 포집)

(출처: 다큐 〈대지에 입맞춤을〉)

그런데 우리 현대인이 먹는 것은 95%가 기업식 농업으로 이루어져요. 빠르고 쉽게 단일 작물을 수확하기 위해서요.

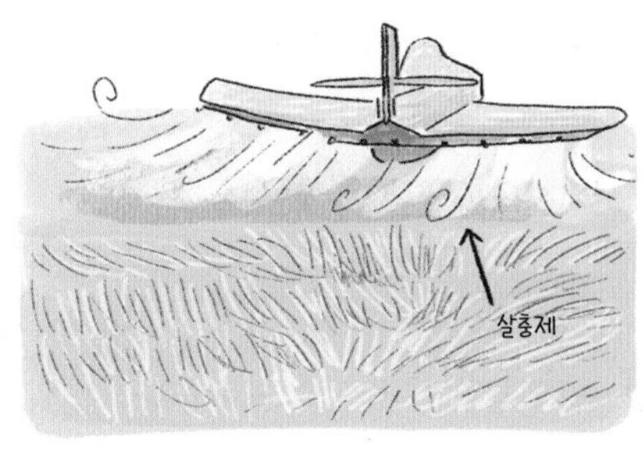

땅에 기계를 사용하고 화학약품을 사용하는 게 편리했겠지만, 무리하게 사용된 땅은 빠르게 죽어가고 있습니다.

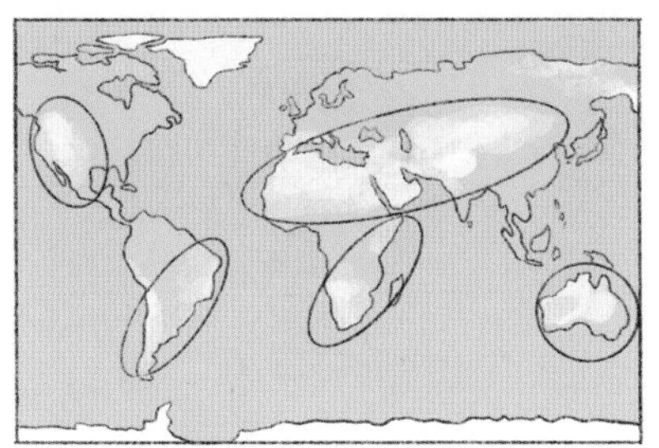

전 세계 땅의 3분의 2가 사막화되고 있어요. NASA에 따르면 남은 흙도 60년 후 사라질 것으로 예상됩니다.

죽은 땅은 탄소를 흡수할 능력을 잃게 됩니다. 우리가 땅을 함부로 파괴할수록 기후변화는 심각해진다는 거예요.

땅은 그냥 먼지가 아니랍니다.
식물이 자라는 생명의 근원이자,
지구를 살리는 양분입니다.

돌아가셔서도 이 흙의 생명력을 잊지 않으시길 바라요. 모두 수고하셨습니다!
짝
짝
짝
짝

읏쨔
내년에 봐요~

제로 웨이스트를 실천하려고 시작한
텃밭에서 뜻밖의 것들을 알게 되었다.

땅은 바다 다음으로 가장 큰 탄소 흡수원인데

인간의 욕심으로 죽어가고 있다는 것을.

인간이 땅을 헤치니, 지구가 병들고
결국 인간까지 위협받는다.

그러니 탄소를 포집할 수 있는
재생 농법, 그리고
탄소를 적게 배출하고 몸에도 좋은
제철 음식에 관심을 두세요.

건강한 방식으로 기른 것을 먹는 것이
나뿐만 아니라 지구도 건강하게 한다.

신기하다. 나의 건강이
지구의 건강과 연결되어 있다니.

왜 이제야 깨달은 걸까?
지구는 보호해야 하는 '대상' 이전에
나와 연결된 존재라는 걸.

내가 건강하게 살면
지구도 건강하게 되고
지구가 건강해야
나도 건강할 수 있는,

'자연' 스러운 섭리 안에서 우린 연결되어 있다는 걸.

여태껏 몰랐다.
내가 지구로부터
받아왔던 것이
무엇인지를.

땅과 식물은 전 세계 탄소의
30%가량을 흡수한다.

재생 유기농 토양이 이산화탄소를 효과적으로 흡수하면
대기권 온실가스의 최대 40%를 감축할 수 있다.

나무가 아니더라도 토양을
안정화하는 데엔 잡초로도 충분하다.

(출처: 네이처, IPCC)

○ 하늘과 바람과 별과 시, 지구 (1)

내가 좋아하는 우리 동네 산책길~

내게 몇 안 되는 숨 트이는 공간이다.

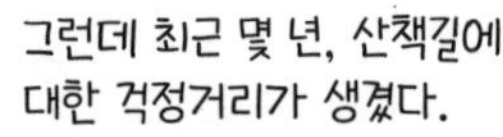
그런데 최근 몇 년, 산책길에
대한 걱정거리가 생겼다.

바로 '조경 관리'라는 이유로 빈번해진 공사와 늘어나는 설치물들이 그 문제였다.

최근에 설치된 키오스크는 눈에 찌를 정도로 공해다.

벚꽃이 피기 시작하면 공원 입구에는 대문짝만한 현수막이 걸린다.

현수막을 걸지 않으면 공원이 아름답다는 사실을 누가 모르나?!(일회용 쓰레기에 디자인도 너무 이상해!)

쓸데없는 자원 낭비보다 더 걱정인 건
계절마다 갈대숲을 밀어버리는 일이다.

다큐멘터리 속 뱁새는 분명
갈대숲에 둥지를 틀었다.
(이 공원엔 뱁새들이 자주 보인다.)

지저분하다며 밀어버리는
갈대숲은 뱁새의 서식지이다.

서식지가 사라지면 새들이 사라질 것이고,
오히려 모기와 날벌레가 늘어날 것이다.

벌레가 많아지니 이번엔
살충제를 뿌린다.

도대체 무엇을 위한 조경 관리일까?

산책길의 사람들은 분명 새를 좋아한다.

엄마, 오리!!
귀여워라~
시끄럽게 하면 안 돼.
오리들 놀라잖아.

그런데도 풀숲은 모조리 밀린다.

우리는 동의한 적도 없는데 말이다.

갈대숲이 사라진 자리에는 꽃들이 심긴다.
아무런 연고 없는 생뚱맞은 꽃밭에는
놀러오는 새도 벌도 없다.

꿀벌의 멸종위기 소식은 몇 년 전부터
대두되었다. 그 원인은 기후변화와
살충제, 제초제의 과용으로 분석된다.

유엔 식량농업기구(FAO)에 따르면
꿀벌은 전 세계 작물의 71%를 수분한다.

즉, 꿀벌 감소는
식량 위기이자 문명의 위기이다.

벌만 사라져도 우리는 위기에 처한다.
우리는 알게 모르게 자연에서
혜택을 받으며 사는 것이다.

먹을 것뿐만이 아니다.
마실 물, 맑은 공기.
모두 자연이 제공하는 것들이다.

하지만 개발이라는 이름으로
멋대로 파괴한다.

쾅
쾅
○○건설은 친환경적
공사 수칙을 준수합니다

한번은 재개발구역 옆을 지나가다가
이동하는 고라니를 보았다. 벌건 대낮에.

얼마나 큰 위협을 느꼈으면 사람 눈에 띄게 이동했을까? 고라니는 쥐꼬리만큼의 터전조차 인간에게 빼앗겼다.

역시 인간은…

...이라고 말하기에는 인간은 '마음만 먹으면' 생태계를 회복시키고 자연과 공생할 능력을 충분히 가지고 있다.

'인간이니까' 할 수 있다.
다른 생명을 존중할 수 있다.

야생 새들이 살아요
조용히 해주세요

모래는 싫지만, 바다는 보고 싶어!
NAPOLI
CAFE
HOTEL

산 공기는 맡고 싶은데,
힘든 등산은 하고 싶지 않아!
케이블카 개장

이런 단편적인 생각들을 그만했으면 좋겠다.

우리는 연결되어 있다.
자연이 있기에 인간이 있다.

그러니 자연을 제멋대로
훼손하는 것을 멈춰주세요.
가덕도 신공항 건설 논의
새 정부, 개발 규제 완화하나
자연을 위해서, 아니 우리 자신을 위해서라도요.

이기적으로 사는 것,

그만하면 됐잖아요.

○ 하늘과 바람과 별과 시, 지구 (2)

이번 겨울은 유독 긴 것 같아.

매년 겨울마다 봄이 영원히 오지 않을 것 같다는 이상한 생각을 한다.

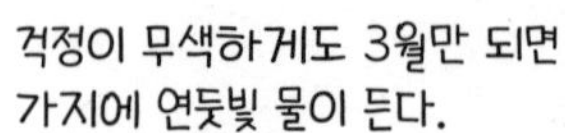
걱정이 무색하게도 3월만 되면 가지에 연둣빛 물이 든다.

찌르르르르
삐삐삐삐
삐욕삐욕
새소리가 점점 커지는구먼!

베란다의 화분들도 봄을 환영하며 새로운 잎을 내기 시작한다.

너네 진짜
대단하다

봄이 돌아오는 이유는 당연한 섭리라 하지만

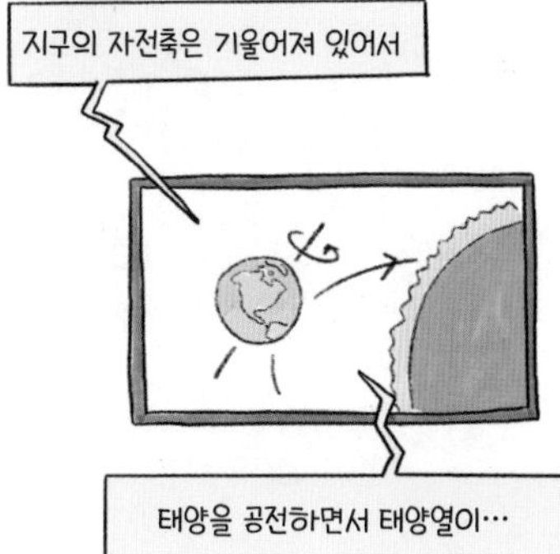

지구의 자전축은 기울어져 있어서
태양을 공전하면서 태양열이…

어쩜 계절마다 이렇게 다양한 풍경이
펼쳐질까? 일부러 그렇게 디자인된 것처럼.

겨울이 지나고 봄이 오니 싹이 트고

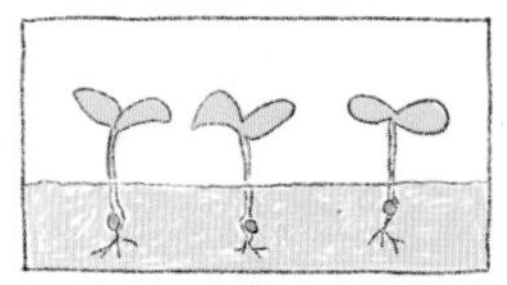

햇볕이 따뜻해지면
식물들은 광합성을 활발히 시작한다.

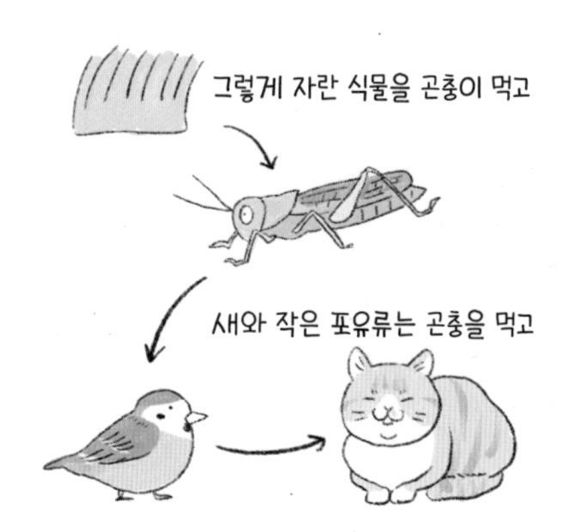

그렇게 자란 식물을 곤충이 먹고
새와 작은 포유류는 곤충을 먹고

큰 포유류는 작은 포유류를 먹으며 살아간다.
'먹이사슬'. 우리가 아는 자연의 섭리다.

하지만 생태계는 단순히 먹이사슬에서 그치지 않는다. 생명이 살아가는 과정이 주변 생태계를 순환하게 한다.

새는 종자를 널리 퍼뜨린다.

큰 포유류는 배설물로 땅을 비옥하게 만든다.

울창해진 숲은 맑은 공기와 물을 만든다.

이처럼 다양한 생물들과 서식 생태계를 통틀어 '생물다양성'이라고 한다.

생물들, 서식지의 환경은 서로를 필요로 하기에 하나의 종(種)이라도 사라지면 생태계의 조화가 무너진다고 한다.

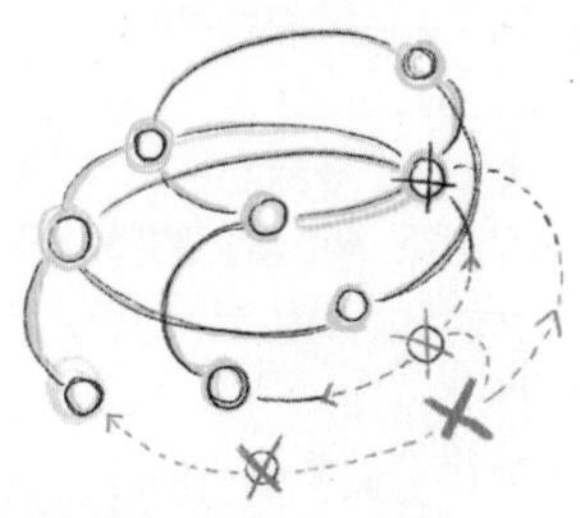

그래서 생물의 다양함을 생명 그 자체라고도 표현한다.

유명한 일화로 미국 국립공원의
'늑대 절멸 사건'이 있다.

공원 관계자들은 공원에 사는
늑대가 사슴을 먹는 것을 보고,
관광객이 오지 않을까 늘 걱정했다.

끄응...
사람들은 사슴 떼를 좋아하는데 말이야.

급기야 총잡이들을 고용해
공원의 늑대들을 몰살시켰다.

늑대가 사라지니, 초기에는
사슴 개체 수가 늘어났다.

그런데 천적이 사라져 느긋해진 사슴들이
강 근처의 풀을 마구 뜯어 먹는 바람에
강이 훼손되기 시작했다.

그리고 놀랍게도 쥐의 수가 갑절로 늘었다.
(늑대의 주식은 '쥐'였다.)
쥐가 사슴들의 먹이를 먹어

결과적으로 사슴 개체 수는 더 감소했다.

결국 국립공원은 다른 지역의
늑대를 데려왔다고 한다.

이렇듯 생태계는 치밀하게 짜인
그물망 같아서 살아있는 존재들이
다양해야 잘 돌아간다.

그런데 우리 인간이라는 존재는
자신만의 규칙 만들기를 좋아한다.

땅과 바다를 인간의 규칙대로 재단하고

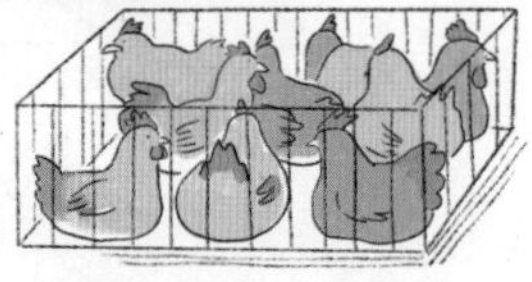

온갖 생명을 좌지우지한다.

그렇게 생태계의 다양함은 말살되는 중이다.

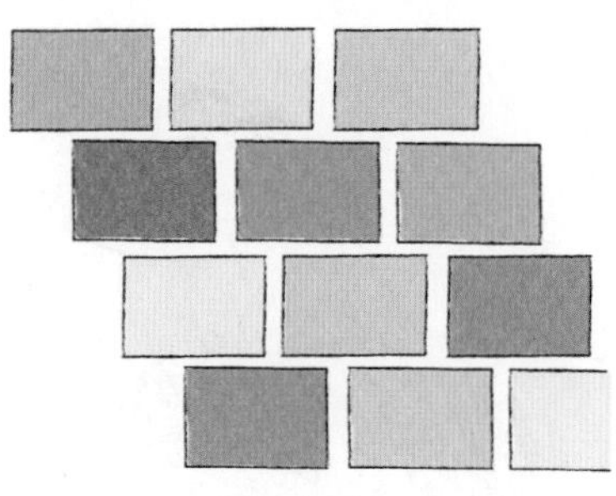

인간 문명 이래 자연생태계 면적의
약 47%가 사라졌고 동물은 약 83%,
식물은 50% 사라졌다.

(출처: PNAS, 2018)

지구상의 포유류의 중량을 따졌을 때
인간은 36%, 가축은 60%, 야생동물은
3~4%에 해당한다.

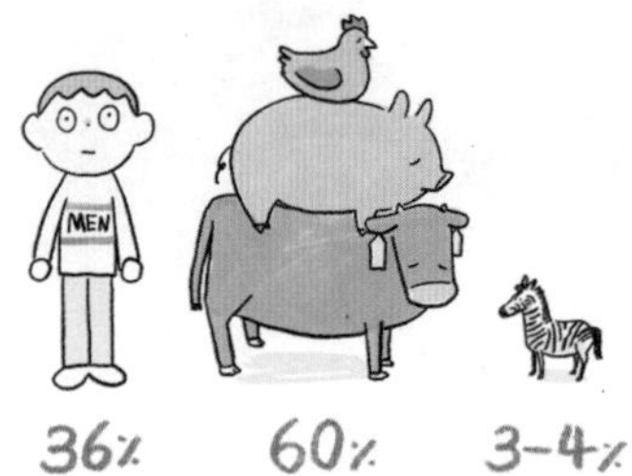

그 3~4% 중 100만 종이 멸종위기이다.

(출처: IPBES 보고서)

인간의 효율적인 규칙들은 많은 사람을
굶주림에서 벗어나게 해주었지만,

자연의 다양성을 무시한 개발과 파괴가
인간을 다시 위기로 빠뜨리고 있다.

잘 살고 싶다는 욕망만이
지구를 망가뜨리는 원인일까? 아니다.

'나만' 잘 살겠다는 생각이
생태계를 붕괴시켰다.

다른 존재들을 존중하지 않는,

그들의 질서를 깡그리 무시한
이기적인 방식 말이다.

그런데 이런 모습,
어디서 많이 본 거 같다.

나만 살겠다는 이기심이

'기후위기'이다.

○ 집안일은 누구의 일일까?

The Morning has Come!

여느 때와 같은 날,
엄마의 화가 폭발했다.
야
너희 진짜 너무하다!
깜짝

다 큰 딸 둘이 있는데 아무도
설거지를 안 해! 내가 아~무리
허리가 아프고
손이 다 부르터도….
쿠구
구…
미안해요, 얼른 할게욥….

이 집에서 나만 사니?
왜 아무도 집안일을 안 해?
뜨끔

이 와중에 나는 도움 안 되는 소리나 지껄였다.

엄마가 거의 평생 집안일을
전담해 왔으니까, 새삼
지금 와서 습관 들이는 게 쉽지 않네.

하던 사람만 하게 되는 게 집안일이다.
머리로는 해야 한다는 것을 알지만

바쁨을 핑계로, 손에 익지 않는다는
이유로 나는 집안일로부터 달아났다.

뭐라도 변명을 해서
이 싸한 분위기를 없애자.
엄마 -
쏴아
설거지 안 할 때 벌금 걷자.
돈 걷는 게 제일 빨리 해결돼.

…그렇게
억지로 하는 거 난 반대야.
!?
달그닥

엄마, 강제성은 있어야 해.
모두가 자발성이 있는 건 아니니까
귀찮음을 이겨낼 수가 없다고….
그래도 돈은 안 돼.

헉
스
윽
난 네 할머니가 힘들어 보여서라도 했어.
너희는 내가 아파서 눕는 꼴 보고 싶냐?

양심'만' 동기가 되는
설거지도 웃기잖아, 엄마.
입은 살아서
말은 잘함!
흐음…….

나불
규칙이라도 만들어야 모두가
습관을 들일 수 있지 않을까?
나불
그래도 너무 억지는 안 돼.
집안일은 양심에 의해서 하는 게 아닌
각자가 분담해야 하는 의무인데….

우리 집은
'집안일은 주부 담당이다'라는
낡은 고정관념에서
벗어나지 못했다.

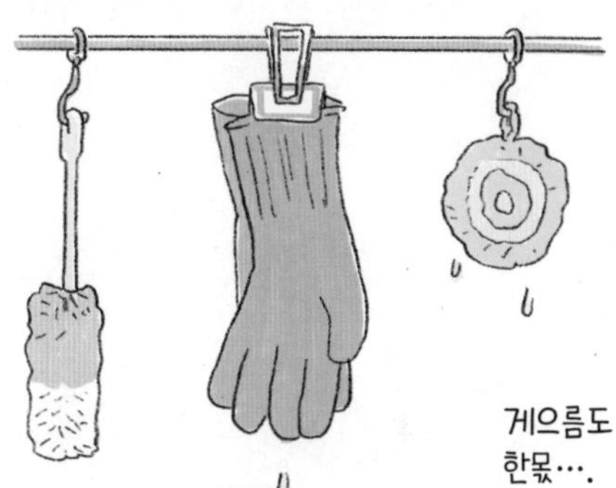

이 사건에 대해 일기를 쓰다가,
우리 집의 상황이
지금 전 세계 상황과
닮았다는 생각이 들었다.

지구에게는 마땅한 '관리자'가 없다.

그래서 사람들은 딱히 지구의 환경을
책임져야 한다는 필요를 느끼지 못한다.

관심 있는 사람들만 지구를 돌보고

관심 없는 사람들은 쭉 관심 없이 산다.

왜 환경보호의 동기가 관심과 양심인 걸까?
이렇게 중요한 일인데, 의무도 아닐뿐더러
한다고 해서 돈벌이도 되지 못한다.

지구 또한 우리가 사는 집이니
우리가 돌보지 않으면 안 되는데.

모두 알고 있다.
본인에게도 책임이 있다는 걸.
그러나 대다수가 행동하지 않는다.

그렇다면 계속 의식 있는 사람,
양심 있는 사람만 지구를 지킨다?
말도 안 돼!

네 만화는 가끔
좀 공격적이야.

예전에 엄마가 말했다.
'햇빛'이 나그네의 옷을 벗긴다고.

엄마, 미안해요. 햇빛을 비춰도
우리는 변하지 않았어요.
HAHA
Z Z

이제 집안일은 규칙이랑
날짜를 정해서 하자, 엄마.

매우 게을렀던 사람으로서 말하기도
민망하지만 집안일은 가족 구성원으로서
가지는 의무와 책임이라고 생각한다.

지구 주민으로서 환경 실천도
마찬가지라고 생각한다.
헤헤

아니라고 하는 사람이 있다면, 본인이
세상의 방관자라고 선언하는 격이다.

다음 날 동생과 머리를 맞대어
설거지 루틴을 만들었다.

설거지 담당 요일

 구희 – 월화요일

 구쥬 – 수목요일

* 주의

1. 밥 먹자마자 설거지한다.
2. 이거라도 안 하면 엄마 힘들어 죽는다. 우리는 이제 성인이고 엄연한 집의 일원이다.

알아서 잘 하자 

솔직히 이 사건 이후로도 우리는
집안일로 삐걱댄다. 하지만

설거지 약속만은 매주 지켜지고 있다.

당연한 얘기지만, 내가 집안일을 할 때
우리 집은 살기 좋아진다(아주 잠깐이지만).

그걸 깨닫자 마냥 싫어했던
집안일이 조금씩 좋아졌다.

'집안일'.
결국은 깨끗한 내 집을 위한 일이니까.

○ 나는 모순덩어리입니다

오늘 저녁 메뉴는 엄마표 카레예요!

앗 고기 딸려왔다.
도로 넣자….

에고, 또….
….
결국 유혹을 이기지 못하고
몇 점 먹었습니다.

고기의 불편한 진실을 알게 된 후
고기 먹는 양은 확실히 많이 줄었습니다.

그러나….

고기를 덜 먹겠다는 결심이
한결같지는 못했습니다.

희야 너 기운 없다며,
고기 먹어야 힘이 나지.

우리 집은 4인 가구라 제가 고기를
안 먹어도, 고기 사용 총량도 거의
줄지 않는 데다가

다른 가족이 더 많이 먹을 뿐입니다.

네, 변명입니다.
먹고 나서는 후회가 밀려옵니다.

고기뿐일까요. 사실 제 일상은
이런 타협과 후회의 연속입니다.

쿠웅
하아,
결국 시켰어.

양심상 단무지, 수저는 빼달라고 했지만….

전 모순적입니다.

헛, 예쁘다.

과성장을 비판하면서
새로운 트렌드에 가슴이 설레고

급할 땐 택시를 타기도 하고
보상심리로 소비를 하기도 합니다.

과거의 나여,
저질렀군요.
스티커 취미

환경을 파괴한다는 아보카도, 아몬드,
커피를 포기하지 못합니다.

하,
모닝커피
못 잃어.

인정해야만 했습니다.
신념대로 '완벽하게' 살 수는 없다는 걸요.

휴우….
기후위기인간

한번은 그레타 툰베리*에 대한
다큐 영화를 보러 갔는데

펑펑 울고 왔습니다.

*Greta Thunberg, 2003년생 스웨덴의 환경운동가

16세 아이의 강하고 곧은 신념이
아름다웠기 때문입니다.

'기후변화를 막기
위한 학교 파업'
SKOLSTREJK
FÖR
KLIMATET
친환경 배로
대서양 횡단
프로젝트
(비행기 지양)

그러나 그녀는 영화 속 정치인들에게도,

영화 평점란에서도
심하게 비난당했습니다.

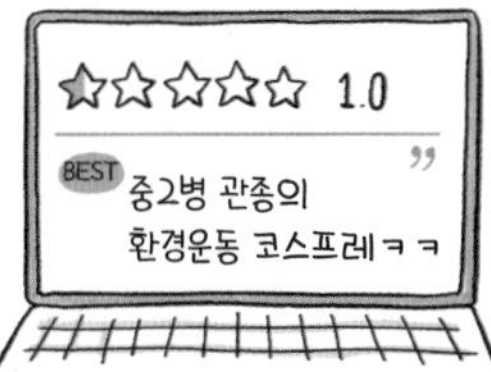
1.0
BEST
중2병 관종의
환경운동 코스프레ㅋㅋ

쟤 저번에 보니까 일회용컵 쓰던데.
대안도 없으면서 주장만 한다.
내로남불, 표리부동의 정석. XX 싫다.
....

그들의 비난 논리는
'완벽'의 여부였는데

그런 그들에게 묻고 싶었습니다.
비난하는 당신들은
완벽한가요?

무언가를 시작하기 전, 자신이
'완벽'해야 한다고 생각하나요?

무언가를 지키고 사랑하는 데
자신이 '완성형'이어야
자격이 있다고 생각하나요?

그럼 아-무것도 못할 텐데요.

모순이 있더라도 자기 자리에서
최선을 다한 16세 아이가

입만 바쁜 사람들보다
훨씬 낫다고 생각합니다.

저 또한 모순적입니다.
어쩌면, 다른 사람들보다도 더.

환경, 기후 관련직도 아니고
완벽한 실천을 하는 사람도 아니지만,
이 만화를 그렸습니다.

그럼에도 이야기를 꺼낸 이유는

기후 문제는 단지 환경의 문제가 아닌
우리 모두의 이야기이기 때문입니다.

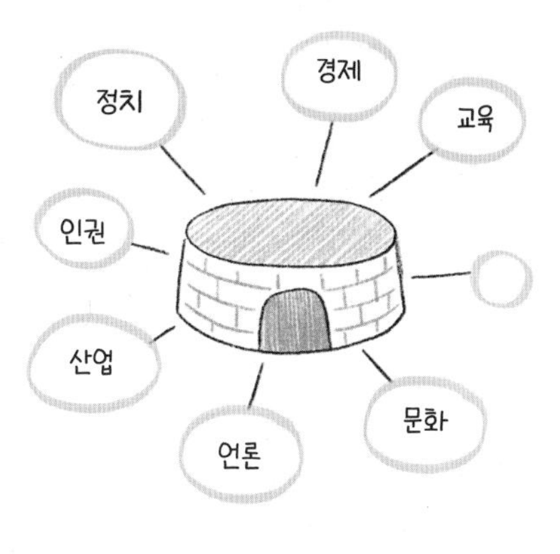

저는 모순덩어리입니다. 존재 자체로
탄소를 배출하고, 쓰레기를 만듭니다.

그 사실이 저를 괴롭게 합니다.

하지만

그러므로 더-
덜 부끄러운 삶을 살고 싶습니다.

노력했다고 말할 수 있는 삶을 살고 싶습니다.

인간의 삶에서 모순을 뺄 수 없다는 것을 깨달았으니, 그렇다면

'최선을 다하는 자'가
가장 아름다울 테니까요.

그래, 우리 인간이 쓰레기지.
이미 다 망했어. 할 수 있는 건 없어.

듣는 이, 말하는 본인에게 모두
상처를 주는 말은 웬만하면 하지 마세요.
쓸모없어요.

허무주의는 세상을 바꿀 수 없어요.

삶은 어쨌든 계속되니까요.

그러니, 환경에 대해 말하는 것을
눈치 보지 않는 세상이 되었으면 좋겠어요.

우리는 모두 모순적이고, 서로를
헐뜯기엔 남은 시간이 아까우니까요.

저는 모순덩어리입니다.

그럼에도, 오늘을 살아보려고 합니다.

○ 나의 실천은 세상을 바꿀 수 있을까?

많은 분의 선한 영향력으로
좋은 움직임이 많아지고 있습니다.

그에 힘입어 저도 여러 가지에
동참하고 도전하고 있습니다.

아니요.
쩌
적
아….
아??

개인의 행동 변화는 좋은 것이지만
그것만으로 탄소중립*을
만들기는 힘듭니다.
팩폭
구희
*탄소중립: 인간 활동에 따른 온실가스 배출량과
지구의 이산화탄소 흡수량이 균형을 이뤄
이산화탄소 순 배출량이 0이 되도록 하는 것.

모두가 알다시피, 개인이 할 수 있는
것에는 한계가 있기 때문입니다.
쩌깐...
1인분
바글바글
80억 명
(2022년 기준)

현재 개인 차원으로 가장 활발히
일어나는 제로 웨이스트 운동,
친환경 제품 소비 등은
천연
수세미
100%
RECYCLE

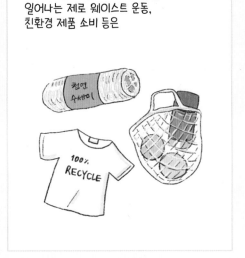

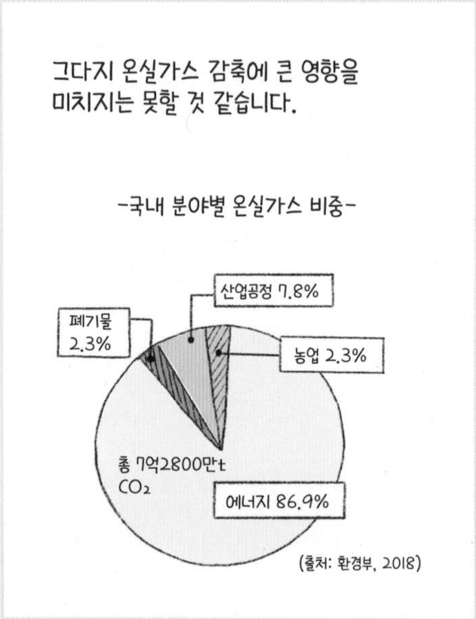

그다지 온실가스 감축에 큰 영향을 미치지는 못할 것 같습니다.

-국내 분야별 온실가스 비중-

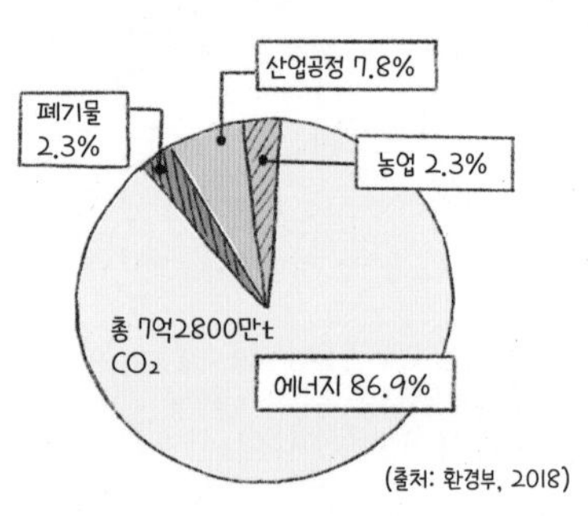

(출처: 환경부, 2018)

국내 온실가스 비중의 압도적 1위는 역시나 에너지입니다(86.9%).

에너지 문제가 다른 문제에 비해 얼마나 급박한지 알게 하는 수치입니다.

에너지 사용량 중 가정(家庭)의 사용량이 차지하는 바가 적지는 않습니다.

하지만 개인이 열심히 소비를 자제한들

지하철의 광고판, 길거리 키오스크는 계속 늘어만 납니다. 이런 상황에서 개인의 작은 실천이 무슨 소용일까요?

생일 축하해

온몸을 전자파로

샤워하는 느낌….

요는 기후변화를 걱정하는 사람들이 모여
좋은 의도를 가지고 자원 절약을 한들

구조가 바뀌어 사회 전체가
변화하지 않으면 소용없다는 겁니다.

연구 결과에 따르면 1965년 이후,
단 20개의 회사가 전체 온실가스의
3분의 1을 뿜었다고 합니다

(출처: 기후책무성연구소)

지난 20년간 전 세계 온실가스 배출량의
70%가 100개의 화석연료 생산회사에서
나왔다고 합니다.

엑X모X, 셰브X, 사우XXX코....

(출처: CDP, 2017)

자원이 주어진 대로 흥청망청 쓰는
시민들에게도 잘못이 없지는 않지만

분명히 기후변화의 많은 책임은
탄소 사회의 기틀을 만들고 유지시키는
정부와 기업에 있습니다.

또한 산업 활동을 활발히 한 나라는
적게 한 나라에 비해
더 큰 책임이 있습니다.

남 탓만을 할 수도 없습니다.
우리나라 1인당 배출량과
세계인 평균을 비교한다면요.

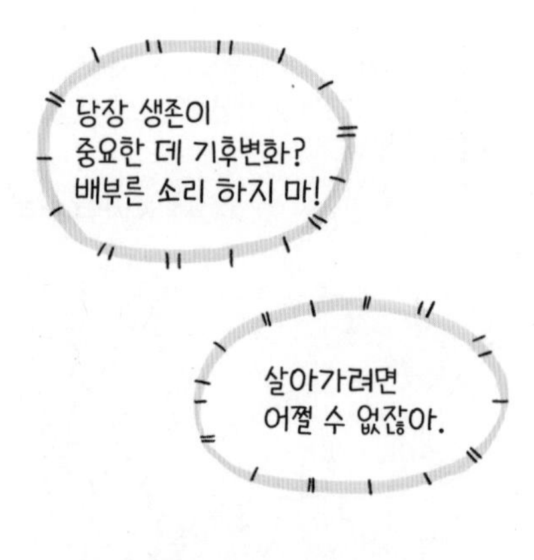

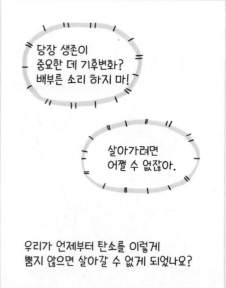

우리가 언제부터 탄소를 이렇게
뿜지 않으면 살아갈 수 없게 되었나요?

기후위기의 본질이 '온실가스의 농도'일까요?

아니면

자연환경을 불평등하게
이용함으로 나타나는
사회정치적 갈등일까요?

기후행동, 환경 실천 너무 좋은 취지지만
기후정책을 대체할 수는 없습니다.

…그렇다면 나의 작은 행동, 실천은
도대체 무슨 의미가 있는 것일까요?

바로, 목소리를 낼 수 있습니다.
유권자들을 움직일 수 있는 목소리를요.

국민 한 명 한 명의 기후위기에 대한
적극적인 관심이 중요합니다.

정치인들은 사람들에게 인기 있는
정책을 내세울 수밖에 없기 때문이죠.

때로는 더 적극적인 활동도 필요합니다.
지금, 이 순간, 세계 곳곳 많은 활동가가
힘쓰고 있습니다.

또한 우리는 현명한 소비를 함으로써
시장의 흐름을 바꿀 수 있습니다.

결국 중요한 건 돈이고, 돈의 흐름을
바꿀 수 있는 건 국민뿐입니다.

기후위기는 과학자, 정치인, 기업인들이
책임지라고요? 그들 모두 국민들의 지지로
살아가는 사람들입니다.

우리가 바뀌어야 그들이 바뀌고
우리 모두가 바뀌어요.

기후위기 시대, 가장 확실한 것은
'행동'입니다.

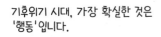

생각, 걱정만으로
이루어지는 것은 없습니다.

그럼 다시 물을게요.
작은 실천도 세상을
바꿀 수 있나요?

네, 바꿀 수 있습니다.

○ 에필로그

한때, 댄스 열풍에 푹 빠져 있었다.
Yes I be your baby
구희야, 안 보인다.

어쩜 저렇게 물 흐르듯이 추지….
부드러운데 강해.
뭇찌다 울 언니

몸에 익을 때까지
얼마나 많은 연습을
했을까?
열심히 해도 평생
알려지지 않을 수도 있는데

그런데도 그들은 계속 춤을 췄다.
YEAH~
와아-
나도 열심히 하면 저렇게 빛날까?
그런 그들이 내게 준 건 용기였다.

어떠한 분야든

자기 일을 사랑하고 열심히 하는 모습은
누군가에게 영감을 준다.

사람들의 반짝반짝 빛나는 열정은

내 가슴도 뛰게 만든다.

인간이 만든 문명 때문에 인류의
존망이 위기인 지금, 아이러니하게도
'사람들' 덕에 살아갈 용기를 얻는다.

인간.
많은 파괴를 일삼은 종이지만,

동시에 자신의 운명을
개척할 수 있는 유일한 종.

그 목표를 조금만 지구에 사용한다면,
인간이 기후변화를 완화하는 것도
충분히 가능한 일이라 생각한다.

인구의 3.5%가 대의를 확신하고
적극적으로 행동할 때 큰 사회 변혁을
일으킬 수 있다는 연구*가 있다.

*3.5%의 법칙 by 에리카 체노웨스

단 3.5%. 탄소 사회에 저항하고
새로운 세상을 고대하는 사람들은
이보다 훨씬 많을 것이라 나는 확신한다.

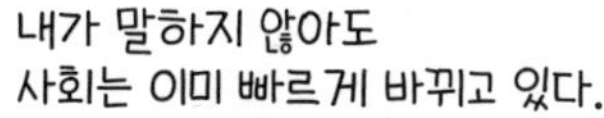

내가 말하지 않아도
사회는 이미 빠르게 바뀌고 있다.

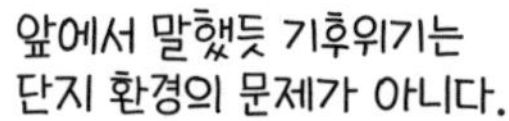

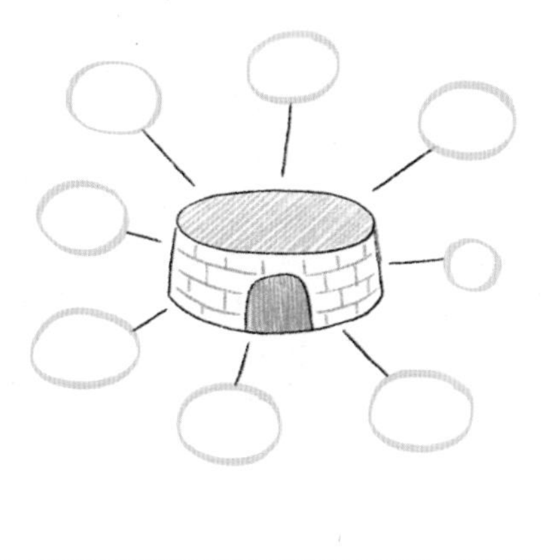

그렇다면 Why not?

앞에서 말했듯 기후위기는

오히려 그렇기에 각 분야 사람들의
다양하고 창의적인 기후 행동이 가능하다.

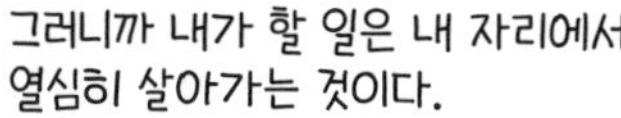

그러니까 내가 할 일은 내 자리에서
열심히 살아가는 것이다.

수백만 년 전부터

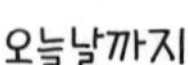

오늘날까지

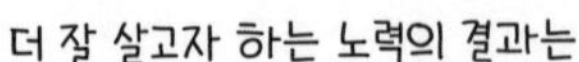

더 잘 살고자 하는 노력의 결과는

인류의 멸망이 아닌

생명과 공존의 삶이
되어야 하지 않을까?

여태까지 나만 잘살려고 했다면, 이제는
모두가 같이 사는 길을 찾아야 할 것이다.

그것이 곧
내가 살 방법이기도 하니까.

기후위기 시대.

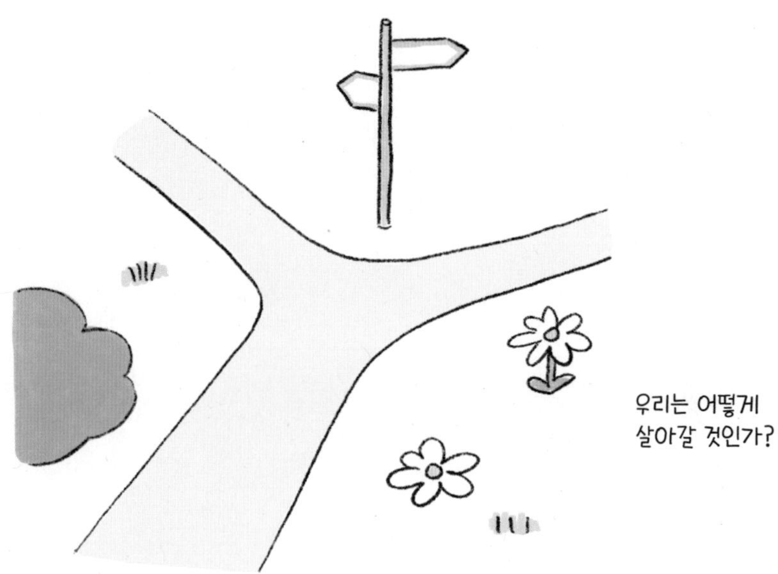

우리는 어떻게
살아갈 것인가?

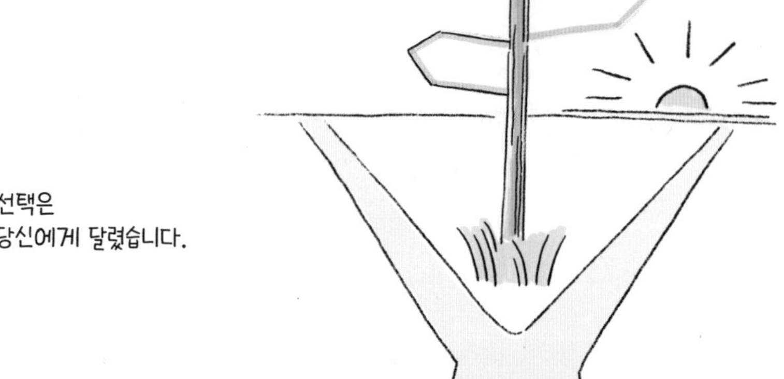

선택은
당신에게 달렸습니다.

미공개 외전:
내가 사랑하는 하동

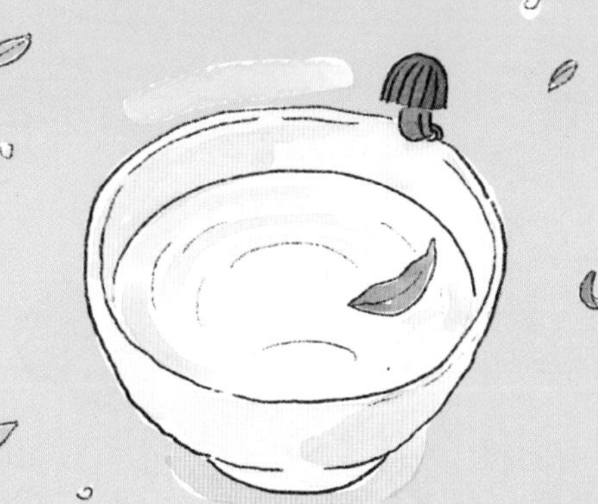

○ 내가 사랑하는 하동

#1 초록빛 기억

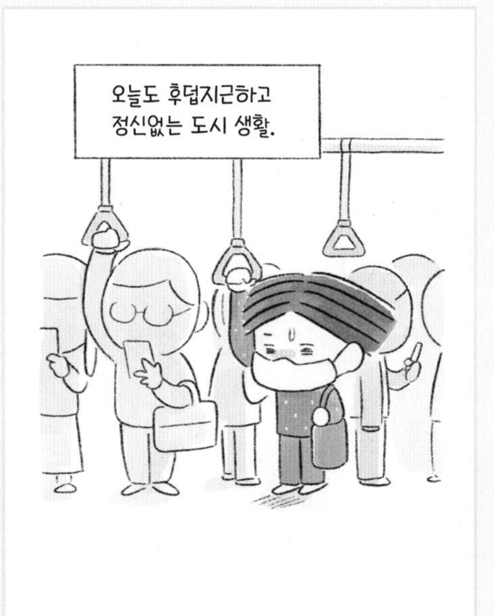

오늘도 후덥지근하고
정신없는 도시 생활.

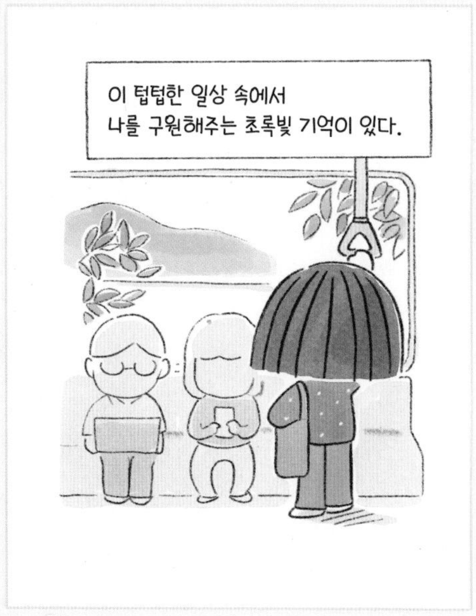

이 텁텁한 일상 속에서
나를 구원해주는 초록빛 기억이 있다.

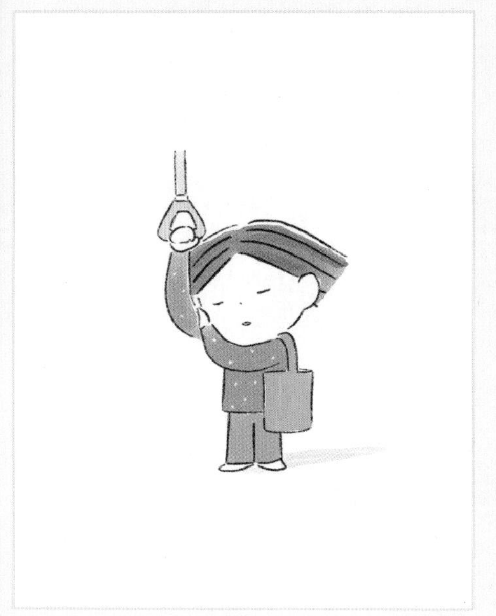

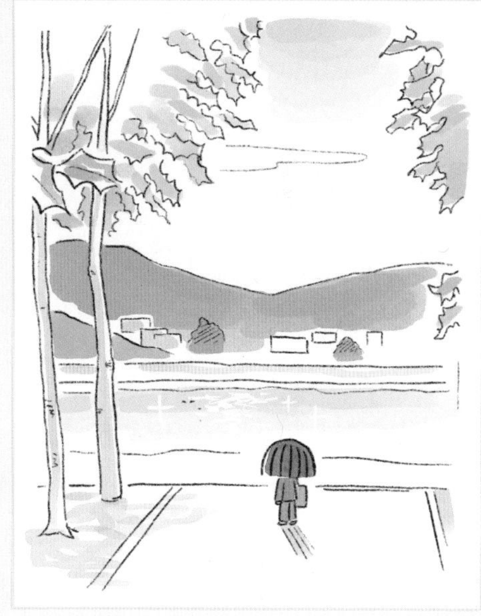

하동은 풍요로운 땅이다.
사방으로 펼쳐진 지리산 산맥,

굽이굽이 흐르는 정겨운 섬진강,
유난히 아름다운 윤슬까지.

화개장터로 이어진
십리벚꽃길이 근사하고

고개를 따라 빼곡히 자리한
단정한 야생차밭이
정말 인상적이다.

비 오는 날 민박집 처마에서
고요히 바라보았던 신선의 마을

모두 다 마음에 담아가려고
몇 번이고 몇 번이고 바라보았다.
빗소리
좋다….

#2 하동의 다원

茶
하동에는 카페보다
다원(찻집)이 더 많다.

어느 정도냐면 하동의 약 1,200가구 중
약 1,000가구가 다원을 운영한다.

다원에 처음 방문했을 땐 놀랐다.
낯선 분이 내 앞에 자연스럽게 앉았다.

긴장 푸세요~
'팽주'
찻자리의 주인이자
차를 우리는 사람

녹차 내리는 방법

1. 찻잔을 뜨거운 물로 데우고 잔을 다시 비운다.

2. 끓인 물을 수구에 부어 식힌 후 다시 주전자에 넣어 차를 우려낸다. (적정온도 85℃)

차가 우러나올 때까지 담소를 나누고, 찻잔에 차를 붓는다.

찻잔의 온기와 뭉근하고 달큰한 차향에 마음이 차분하게 가라앉는다.

차 특유의 떫은맛도 없고 다 마신 입에 달콤한 향기가 맴돈다.

차를 마시는 건
'시간'을 마시는 것이라고 한다.

하동은 신라시대부터 약 1200년간
야생차를 길러왔어요(신라 흥덕왕 3년, 828년).

나는 어쩌면 신라의 시간을 마신 걸까?

해가 뜨고 지고, 수만 번 반복되는 동안

차를 길러냈을 지리산의 계절과

다원의 전통을 잇기 위한
세심한 노고의 시간

맛있는 차를 만들기 위한
오랜 정성의 시간

차 한잔에 나의 시간은
온전히 배려받는다.

#3 슬로시티 하동

하동은 슬로시티*이다.

Cittaslow HADONG

*슬로시티: 공해 없는 자연 속에서 전통문화와 자연을 보호하며, 자유로운 농경시대로 돌아가자는 느림의 삶을 추구하는 국제적 운동.

내가 머물렀던 마을은
슬로시티라는 이름에
걸맞게 모든 것이 아주 조용하고 느렸다.

내일 봬요.
할머니~

산골이라
정말 빨리
어두워지네~
찌르르……

쏟아질 것 같은 별들이
내 눈에 비치자
나는 이 세상이 얼마나
아름다웠는지를 기억해냈다.

나는 삶에 떠밀려, 시간에 쫓겨
무엇을 위해 살고 있었나?

한 줌의 흙, 바람, 별보다도
중요한 게 있었을까?

소중한 것을
만끽하기 위해서,
우리의 삶은
더 느렸어야 했다.

#4 벚나무 이야기

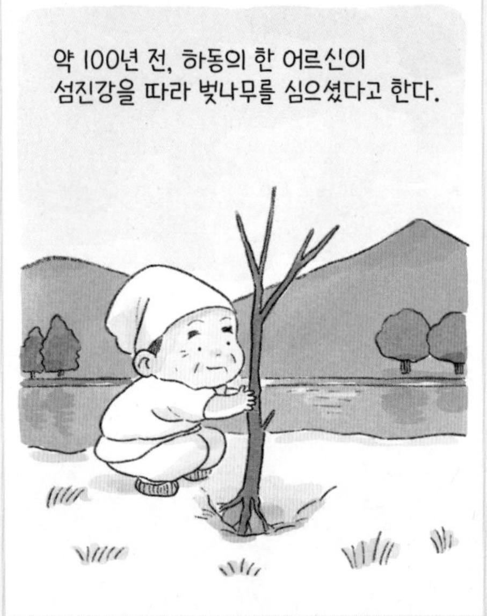
약 100년 전, 하동의 한 어르신이
섬진강을 따라 벚나무를 심으셨다고 한다.

주변의 만류에도 어르신은 계속해서
한 그루씩 한 그루씩 심고 가꾸어 그 길이
자그마치 십 리가 되었다고 한다.

100년 후, 지금도 이 길은 봄이면
벚꽃이 만개해 절경을 이룬다.

어르신은 이 땅을 너무나 사랑해서
어떻게 가꾸어 후대에 물려줄지
고민하셨다고 한다.

너무 멋진 이야기지만 한편으로는
안타까웠다. 어딘가 지금 무너져내리고
있을 지구의 곳곳이 떠올랐기 때문이다.

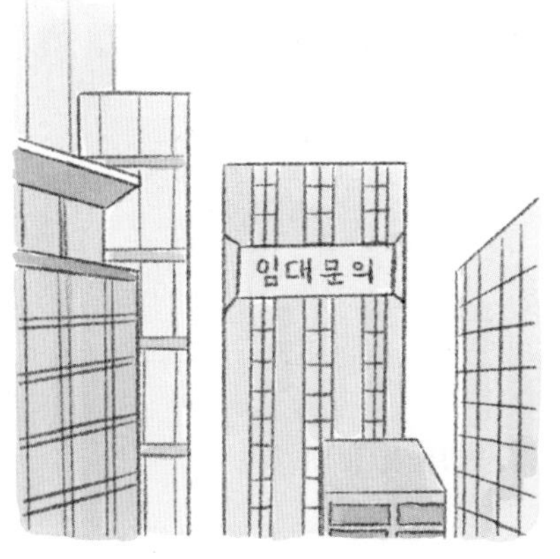

부수고 파괴하고 심지어
그 위로 탑을 쌓는다.
그것이 마치 진리인 양.

누구를 위한 빌딩이
저렇게 치솟는 걸까?

도시에서는 차가운 콘크리트만이
우리의 보금자리인 듯 보인다.
서울

돌아온 집에서… 그래도 아직 우리에게
조금이나마 남은 것들에 대해 생각해봤다.

주어진 것을 아끼는 것이
새로운 것을 만들기보다 어렵다.

있는 모습을 그대로 사랑하고
지키는 데에는
많은 공부와 노력이 필요할 것이다.

하동은 느린 지금 이대로가 가장 아름답다.

많은 사람이 부디 오래오래
이 차향이 가득한 느린 마을을 즐길 수 있었으면.

언제까지고 난 그리워할 것이다.
그때 봤던 그 하동을

내가 마치 사람처럼 사랑하는 하동!

참고 자료

도서

- 《2050 거주불능 지구》, 데이비드 월러스 웰스 저, 김재경 역, 추수밭, 2020
- 《나는 풍요로웠고 지구는 달라졌다》, 호프 자런 저, 김은령 역, 김영사, 2020
- 《쓰레기책》, 이동학 저, 오도스, 2020
- 《아무튼 비건》, 김한민 저, 위고, 2018
- 《에너지 노예, 그 반란의 시작》, 앤드류 니키포룩 저, 김지현 역, 황소자리, 2013
- 《우리가 날씨다》, 조너선 사프란 포어 저, 송은주 역, 민음사, 2020
- 《탄소사회의 종말》, 조효제 저, 21세기북스, 2020
- 《파란하늘 빨간지구》, 조천호 저, 동아시아, 2019

기사

- [황출새] 기상청 "황사 내일까지, 벚꽃 개화 100년만에 가장 빨라" (YTN, 2021.03.30.) www.ytn.co.kr/_ln/0101_202103300844362322
- [그래픽] 1인당 연간 육류 소비량 (YTN, 2020.12.04.) www.yna.co.kr/view/GYH20201204002300044
- [마부작침] 내가 탄소 평생 줄여도 기후변화를 막을 수 없는 이유 (SBS, 2021.10.01.) news.sbs.co.kr/news/endPage.do?news_id=N1006481770&plink=ORI&cooper=NAVER&plink=CO

PYPASTE&cooper=SBSNEWSEND
- A Whopping 91 Percent of Plastic Isn't Recycled (NATIONAL GEOGRAPHIC, 2018.12.20.)
  education.nationalgeographic.org/resource/whopping-91-percent-plastic-isnt-recycled
- Humans just 0.01% of all life but have destroyed 83% of wild mammals - study (THE GUARDIAN, 2018.05.21.)
  www.theguardian.com/environment/2018/may/21/human-race-just-001-of-all-life-but-has-destroyed-over-80-of-wild-mammals-study
- IPCC "2100년 해수면 1.1m 상승"…부산 해운대도 잠긴다 (중앙일보, 2019.09.25.)
  www.joongang.co.kr/article/23586795#home
- Storing carbon in the prairie grass (Washington Post, 2020.08.19.)
  www.washingtonpost.com/climate-solutions/2020/08/19/climate-change-prairie/
- 5차례 있었지만…인간 욕망이 '대멸종' 또 부른다 (문화일보, 2019.07.05.)
  www.munhwa.com/news/view.html?no=2019070501032612000001
- "국내 온실가스, 상위 10% 기업이 87% 내뿜어…1위는 포스코" (뉴시스, 2019.06.20.)
  newsis.com/view/?id=NISX20190620_0000687177
- 동식물 100만종 멸종 위기…멸종 속도 과거 1000만년보다 수십 배 빠르다 (더리포트, 2019.05.07.) www.thereport.co.kr/news/articleView.html?idxno=5768
- 비건인은 왜 '팜유' 식품을 피할까 (리얼푸드, 2019.04.15.)
  realfoods.co.kr/view.php?ud=20190415000720#none
- 비닐봉지 매년 5조 개…사용은 단 25분 [지구를 사랑하는 장한 나] (파이낸셜뉴스, 2022.07.02.)
  www.fnnews.com/news/202207011720253775
- '제로웨이스트' 어렵다고? 초심자 패키지로 시작해요 (내 손안에 서울, 2021.03.19.)
  mediahub.seoul.go.kr/archives/2000908
- 한 잔의 커피에 든 기후 비용은? (한겨레, 2021.12.31.)
  www.hani.co.kr/arti/science/science_general/978181.html
- 한국 '물고기 덫'으로 참치 싹쓸이한다는데… (중앙일보, 2013.06.10.)
  www.joongang.co.kr/article/11753977#home
- 한국, OECD 회원국 중 초미세먼지 최악의 국가 (그린피스, 2020.02.25.)
  www.greenpeace.org/korea/press/12092/korean-fine-dust-airvisual/

· 한반도 기온상승, 세계 평균의 2배…2100년 해수면 1.1m 높아져 (매일경제, 2021.10.22.)
www.mk.co.kr/news/society/10070440
· 환경단체 "윤 정부 플라스틱 규제 완화" 비판 왜? (이코리아, 2022.08.18)
www.ekoreanews.co.kr/news/articleView.html?idxno=62339
· 환경을 살리는 기술…'폐플라스틱 재활용' 열풍 (에너지신문, 2021.02.22.)
www.energy-news.co.kr/news/articleView.html?idxno=75427

웹사이트

· [에너지학개론] 제21강. 우리나라에서 석유는 어떻게 사용되고 있을까? (GS칼텍스 미디어허브, 2019.11.28.)
gscaltexmediahub.com/energy/study-domestic-oil-supply-demand-201911/
· Carbon Sinks: A Brief Review (EARTH ORG, 2020.08.17.)
earth.org/data_visualization/carbon-sinks-a-brief-overview/
· Global Greenhouse Gas Emissions Data (EPA)
www.epa.gov/ghgemissions/global-greenhouse-gas-emissions-data
· Greenpeace report highlights severe threats to Earth's largest carbon sink - the ocean (그린피스, 2019.12.04.)
www.greenpeace.org.uk/news/greenpeace-report-highlights-severe-threats-to-earths-largest-carbon-sink-the-ocean/
· IPCC란? (국립기상과학원)
www.nims.go.kr/?sub_num=875
· Key facts and findings (FAO)
www.fao.org/news/story/en/item/197623/icode/
· Methane emissions are driving climate change. Here's how to reduce them. (UNEP, 2021.08.20.)
www.unep.org/news-and-stories/story/methane-emissions-are-driving-climate-change-heres-how-reduce-them
· Plastic waste and climate change - what's the connection? (WWF-Australia, 2021.06.30.)
www.wwf.org.au/news/blogs/plastic-waste-and-climate-change-whats-the-connection#gs.ad4e9l
· Seaweed could be scrubbing more carbon from the atmosphere than we expected (Oceana,

2017.10.06.)
oceana.org/blog/seaweed-could-be-scrubbing-more-carbon-atmosphere-we-expected/
- Sector by sector: where do global greenhouse gas emissions come from? (Our world in data, 2020.09.18.)
ourworldindata.org/ghg-emissions-by-sector
- Soils or plants will absorb more CO2 as carbon levels rise - but not both, Stanford study finds (Stanford, 2021.03.24.)
news.stanford.edu/press/view/38728
- The Changing Language Of Climate Change (Dictionary.com, 2019.05.17.)
www.dictionary.com/e/new-words-surrounding-climate-change/
- THE FACTS (Cowspiracy)
www.cowspiracy.com/facts
- The oceans are absorbing more carbon than previously thought (WORLD ECONOMIC FORUM, 2020.10.01.)
www.weforum.org/agenda/2020/10/oceans-absorb-carbon-seas-climate-change-environment-water-co2/
- UN Alliance For Sustainable Fashion addresses damage of 'fast fashion' (UNEP, 2019.03.14)
www.unep.org/news-and-stories/press-release/un-alliance-sustainable-fashion-addresses-damage-fast-fashion
- UN Report: Nature's Dangerous Decline 'Unprecedented'; Species Extinction Rates 'Accelerating' (UN, 2019.05.06.)
www.un.org/sustainabledevelopment/blog/2019/05/nature-decline-unprecedented-report/
- You want to reduce the carbon footprint of your food? Focus on what you eat, not whether your food is local (OUR WORLD IN DATA, 2020.01.24.)
ourworldindata.org/food-choice-vs-eating-local
- 국내 분야별 온실가스 배출량, 환경부, (2022.08)
www.climate.go.kr/home/09_monitoring/ghg/gas_exhaust
- 국내 온실가스 배출현황, 환경부, (2022.01.03.)
index.go.kr/potal/stts/idxMain/selectPoSttsIdxMainPrint.do?idx_cd=1464&board_cd=INDX_001

- 기후는 "왜" 변했나요? (어린이기후변화교실)
  www.gihoo.or.kr/portal/child/change/why.do
- 기후위기의 해결사, 고래 이야기 (그린피스, 2020.11.04.)
  www.greenpeace.org/korea/update/15662/blog-ocean-whale-is-the-solution/
- 기후정상회의 참석한 한국… 국내 환경 단체 반응은? (뉴스펭귄, 2021.04.23.)
  post.naver.com/viewer/postView.nhn?volumeNo=31336019&memberNo=44939664&vType=VERTICAL
- 내가 먹는 음식 속에서 탄소 발자국이 느껴진 거야 (그린피스, 2020.12.23.)
  www.greenpeace.org/korea/update/16149/blog-ce-carbon-water-footprint-veryvezy/
- 맹그로브숲 지켜야 하는 이유 (한국기후환경네트워크, 2018.07.12.)
  m.blog.naver.com/PostView.naver?isHttpsRedirect=true&blogId=greenstartkr&logNo=221316942738
- 문제는 원전이 아니라 들판의 소야…'그린뉴딜'의 허구 (조선일보, 2021.03.07.)
  www.chosun.com/economy/2021/03/07/G6V54YV56VB3PFD26MXJ4LZZ7E/
- 산업혁명, 원인과 배경 그리고 전개과정과 결과 (Flowing stories, 2014.09.06.)
  m.blog.naver.com/hmk010510b/220115249087
- 서울시 연도별 폐기물 반입량 (공공데이터포털, 2022)
  www.data.go.kr/data/15066518/fileData.do?recommendDataYn=Y#layer_data_infomation
- 삶의 방식 바꾸는 제로웨이스트&비건 (지구의 벗 서울환경연합, 2021.07.29.)
  blog.naver.com/PostView.naver?blogId=seoulkfem&logNo=222449775392&redirect=Dlog&widgetTypeCall=true&topReferer=https%3A%2F%2Fwww.google.com%2F&directAccess=false
- 전 세계 온실가스, 탄소 배출의 주요 원인을 분야별로 정리한 통계 (해밀러의 스마트한 세상사, 2021.05.09.) hemiliar.tistory.com/430
- 어업 및 양식 생산량 (KOSIS, 2020)
  kosis.kr/statHtml/statHtml.do?orgId=101&tblId=DT_2KAA418&conn_path=I2
- 에너지 소비구조 (재미있는 에너지교실, 2019) www.keei.re.kr/keei/kidspage_2021/sub01_02_04.html
- 탈플라스틱 사회 실현 위해 국민-전문가-정부 머리 맞댄다 (환경부, 2021.04.27.)
  www.me.go.kr/home/web/board/read.do;jsessionid=kT0x6x9QCdrY+Oy59eTN-7W7.mehome1?pagerOffset=0&maxPageItems=10&maxIndexPages=10&searchKey=&searchValue=&menuId=286&orgCd=&boardId=1448300&boardMasterId=1&boardCategoryId=39&decorator=

방송, 기타

- 〈cowspiracy〉 (2014)
- 〈seaspiracy〉 (2021)
- 〈대지에 입맞춤을〉 (2020)
- 〈이것이 모든 것을 바꾼다〉 (2018)
- 〈인류세〉 (EBS 다큐프라임, 2019)
- 〈플라스틱, 바다를 삼키다〉 (2016)
- 51,820,000명이 쓰는 에너지의 비밀 (서울환경연합, 2021.06.09.) www.youtube.com/watch?v=1XmwBAadZs8
- 국립생물자원관 생명다양성 1화, (국립생물자원관, 2020.09.21.) www.youtube.com/watch?v=lWvNGsxiDkg

보고서 · 논문

- Global carbon budget 2020 (ESSD, 2020)
- Improving Plastics Management: Trends, policy responses, and the role of international co-operation and trade (OECD, 2018)
- IPCC Sixth Assessment Report (IPCC, 2021)
- The biomass distribution on Earth (PANS, 2018)

기후위기인간

1판 1쇄 발행 2023년 1월 27일
1판 7쇄 발행 2024년 9월 13일

지은이 구희
감수 이유진

발행인 양원석 **편집장** 김건희 **책임편집** 서수빈
디자인 형태와내용사이 **영업마케팅** 양정길, 윤송, 김지현, 한혜원, 정다은, 백승원

펴낸 곳 ㈜알에이치코리아
주소 서울시 금천구 가산디지털2로 53, 20층(가산동, 한라시그마밸리)
편집문의 02-6443-8903 **도서문의** 02-6443-8800
홈페이지 http://rhk.co.kr
등록 2004년 1월 15일 제2-3726호

ISBN 978-89-255-7713-5 (03810)